Irina Korschunow
Ein Anruf von Sebastian

Die Autorin:

Irina Korschunow stammt aus einer deutsch-russi-
schen Familie. Sie ist in Stendal geboren und aufgewachsen, hat Germanistik in Göttingen studiert und
lebt heute bei München. Zu ihren Veröffentlichungen
gehören Erzählungen, Feuilletons und Glossen
ebenso wie Romane für Erwachsene. Als Kinder-
buchautorin wurde sie zunächst durch ihre ›Wawu-
schel‹-Bücher bekannt. Neben Kinderbüchern, u. a.
›Hanno malt sich einen Drachen‹, den ›Steffi‹-Bän-
den, ›Der Findefuchs‹, ›Jaga und der Kleine Mann mit
der Flöte‹ und ›Wuschelbär‹, schrieb sie auch drei Ju-
gendbücher, die zeitnahe Probleme behandeln: ›Er
hieß Jan‹, ›Die Sache mit Christoph‹ und das vorlie-
gende Buch. Viele Bücher der angesehenen Autorin
wurden mit Preisen bedacht und standen in der Aus-
wahlliste zum Deutschen Jugendliteraturpreis. Für
ihr Gesamtwerk erhielt sie die Roswitha-Gedenkme-
daille, den Literaturpreis der Stadt Gandersheim.
Weitere Titel von Irina Korschunow bei dtv junior: siehe Seite 4

Irina Korschunow

Ein Anruf von Sebastian

Deutscher Taschenbuch Verlag

Von Irina Korschunow sind außerdem bei dtv junior
lieferbar:
Hanno malt sich einen Drachen,
dtv junior Lesebär 7561
Der Findefuchs, dtv junior Lesebär 7570
Für Steffi fängt die Schule an, dtv junior Lesebär 7558
Wuschelbär, dtv junior Lesebär 7598
Kleiner Pelz will größer werden,
dtv junior Lesebär 75003
Maxi will ein Pferd besuchen,
dtv junior Lesebär 75022
Es muss auch kleine Riesen geben,
dtv junior Lesebär 75050
Die Wawuschels mit den grünen Haaren,
dtv junior 7164
Neues von den Wawuschels mit den grünen Haaren,
dtv junior 70003
Es war doch ein schöner Tag, dtv junior 70193
Steffi und Muckel Schlappohr, dtv junior 70486
Die Sache mit Christoph, dtv pocket 7811
Er hieß Jan, dtv pocket 7823

Bearbeitete Neuausgabe
nach den Regeln der Rechtschreibreform, Stand 1996
14. Auflage Oktober 1998
1984 Deutscher Taschenbuch Verlag
GmbH & Co. KG, München
©1981 Benziger Edition im Arena Verlag, Würzburg
ISBN 3-545-32182-7
Umschlaggestaltung: Jorge Schmidt
und Tabea Dietrich
Umschlagbild: Sabine Lochmann
Gesetzt aus der Garamond 11/13
Gesamtherstellung: Ebner Ulm
Printed in Germany · ISBN 3-423-07847-2

1

Der Krach mit Sebastian . . .

Als ob es gestern gewesen wäre, so genau sehe ich es vor mir. Die Leopoldstraße, und ich laufe, laufe, laufe. Fast halb vier und um drei wollten wir uns im »Venezia« treffen. Bestimmt sitzt Sebastian schon da. Sitzt da, knipst an den Nägeln, baut schlechte Laune auf. Hoffentlich ist er nicht wieder gegangen. Er soll warten. Warte, Sebastian.

Ich laufe, muss auf die andere Straßenseite, laufe mitten zwischen den Autos hindurch. Einer der Fahrer hupt mich wütend an und ich finde es so schlimm, was ich mache. Einen Unfall riskieren, nur wegen Sebastian. Nur aus Angst, dass er nicht mehr im »Venezia« sitzen könnte. Was soll ich tun, wenn er schon weg ist? Bei ihm anrufen? »Nein, jetzt nicht, Sabine«, wird er sagen. »Jetzt muss ich Geige üben.«

Ich habe mich so gefreut auf diesen Nachmittag. Eis essen, im Englischen Garten spazieren gehen, hinterher vielleicht ins Kino, der Film mit Woody Allen. Sebastian hat es mir versprochen. Er ist extra nicht zur Schule gegangen heute Morgen, weil er schon vormittags üben wollte.

Ich schwitze, so schnell bin ich gerannt. Wie warm es plötzlich geworden ist. Blauer Himmel mit Frühlingssonne, und das im Februar. Im Laufen ziehe ich den Poncho über den Kopf und pralle gegen einen Mann – ein Türke, jedenfalls sieht er aus wie ein Türke, schwarze Haare, braunes Gesicht, und dann dieser komische gestreifte Anzug.

»Nix zu schnell, Frau«, sagt er und lacht. Einen Moment hält er mich fest. Ich sehe die Metallplomben in seinen Schneidezähnen, aus dem Mund kommt Knoblauchdunst. »Viel Zeit«, sagt er. »Immer viel Zeit.«

Ich mache mich los und laufe weiter. Nicht mal entschuldigt habe ich mich. Nur wegen Sebastian. Alles wegen Sebastian. Nie wieder werde ich das tun, rennen, bis mir die Zunge aus dem Hals hängt, andere umrennen, alles beiseite rennen, für einen, der es gar nicht haben will. Nie wieder.

Vor dem »Venezia« haben sie schon die bunten Schirme aufgestellt. Fast jeder Tisch ist besetzt.

Sebastian blickt mir entgegen, zwischen den Augenbrauen seine zwei Falten.

»Ich wollte gerade gehen«, sagt er.

»Wartest du schon lange?«, frage ich.

»Zehn Minuten«, sagt er.

Also ist er auch zu spät gekommen. Ich fange schon wieder an mich zu ärgern. So ist es immer: Zuerst will ich weiter nichts als ihn sehen und dann ärgere ich mich über ihn. Und habe Angst, dass er es merken könnte.

Sebastian sieht mich an. Die Falten zwischen

seinen Brauen verschwinden. Er lacht und legt den Arm um mich.

»Summsummsumm«, macht er.

»Hör auf«, sage ich.

»Ich darf zu spät kommen, Bine«, sagt er. »Du nicht.«

»Spinner«, sage ich und lache jetzt auch.

Wir sitzen nebeneinander, die Kellnerin bringt Schokoladeneis, die Sonne scheint, alles ist gut, denke ich.

Und dann sagt Sebastian: »Ich habe nicht viel Zeit. Höchstens zwei Stunden.«

»Du hast doch heute Morgen geübt«, sage ich.

Er schüttelt den Kopf. »Morgens kann ich mich nicht richtig konzentrieren. Das geht erst nachmittags.«

Ich lache, spöttisch diesmal.

»Tu doch nicht so«, sagt Sebastian. »Wenn ich die Aufnahmeprüfung schaffen will, muss ich erstklassig sein. Die nehmen nur Erstklassige.«

»Bist du doch«, sage ich.

Er schüttelt den Kopf. Ich sehe, wie blass er ist, blass, mit Schatten unter den Augen und um die Nasenwände. Weil er nie mehr an die Luft kommt. Weil er in seinem Zimmer hockt und geigt, geigt, geigt.

»Nach dem Abitur wird es besser«, sagt er. »Noch bis Mai. Dann bin ich den ganzen Mist los und habe Zeit zum Üben.«

Zeit zum Üben. Nicht: Zeit für dich.

Im Sommer, als es noch neu war mit uns,

hätte er »Zeit für dich« gesagt. Wir hatten so viel Zeit damals.

Plötzlich halte ich es nicht mehr aus.

»Warum musst du dir auch so einen bescheuerten Beruf aussuchen«, sage ich und finde mich gemein. Jemand, der Sebastian kennt, dürfte das nicht sagen. Wenn einer Geige spielen will und sonst nichts, kann man ihm nicht vorschlagen Steuerberater zu werden. Wie Hannes neulich. »Hochschule für Musik?«, hatte er zu Sebastian gesagt. »Mit solcher Topnote in Mathe? Mann, werde Steuerberater. Tagsüber Geld machen und abends geigen. Ist doch der Job!«

Steuerberater! Hannes vielleicht. Aber der ist eine Niete in Mathe.

Sebastian streicht mit dem Zeigefinger über meinen Handrücken.

»Komm«, sagt er. »Bei uns ist keiner da.«

Ich schüttele den Kopf.

»Warum nicht?«, fragt er und da sage ich, dass ich nicht mehr will.

»Ich will nicht mehr«, sage ich und habe Angst, dass ich alles kaputtmache, und sage es trotzdem. Denn so, wie es jetzt ist, will ich es wirklich nicht mehr. Alles in Hast, kommen, wieder gehen, und dazwischen Blicke zur Uhr. Es soll so sein wie früher, Zeit füreinander haben, miteinander reden, spüren, dass man zusammengehört. Und mal einen Film ansehen oder ins Theater gehen oder zum Skifahren, und sich abends mit Freunden treffen. Und nicht nur alles nach Sebastians Kopf, so wie es ihm gerade passt. Weil er das Genie ist und Rücksicht braucht.

Ich habe es lange genug mitgemacht. Jetzt will ich nicht mehr.

»Verstehst du?«, schreie ich ihn an. »Ich will nicht mehr!«

»Schrei nicht so«, sagt Sebastian. »Die ganze Stadt hört zu.«

Ich will gehen, aber zuerst müssen wir unser Eis bezahlen. Dann, beim Aufstehen, werfe ich noch meinen Stuhl um. Ein Typ am Nachbartisch lacht und ich lasse den Stuhl liegen und laufe weg.

Sebastian rennt hinterher. Beim Schuhgeschäft hat er mich eingeholt.

»Du bist ja verrückt«, keucht er und hält mich fest. »Alles kaputtmachen. Bloß, weil du dir etwas einbildest.«

Ich sehe uns in der Schaufensterscheibe, Sebastian hinter mir, seine Hände auf meinen Schultern.

Er schweigt.

»Du weißt doch genau, wie du es mit mir machst«, sage ich. »Wie du mich hinhältst. Und mich warten lässt. Diese ewigen Sonntage. Ich rufe dich an, hast du immer gesagt. Wenn ich fertig bin mit Üben, rufe ich an. Und ich habe dagehockt – Sonntag für Sonntag.«

»Ich bin eben nie fertig«, sagt er. »Das weißt du doch.«

»Ich will nicht mehr«, sage ich. »Immer auf

Abruf dasitzen und warten und warten und warten . . .«

Er hält mir den Mund zu.

»Brauchst du ja nicht«, sagt er. »Tu irgendwas, das dir Spaß macht. Mach du deinen Kram und ich meinen, und wenn es geht, sind wir zusammen.«

Er starrt auf das Pflaster. Dann sieht er mich an und sagt: »Ich kann doch nichts dafür, dass du nichts anderes im Kopf hast. Bloß mich.«

»Was sagst du da?«, frage ich und fange an zu begreifen, wohin dieses Gespräch führt. Das hatte ich nicht gewollt, nein, das nicht. Es sollte anders werden mit uns, das hatte ich gewollt, noch mal von vorn, ein neuer Anfang oder wie man das nennt. Jetzt wird mir klar, dass es in eine andere Richtung läuft.

»Ich halte es nämlich auch nicht aus«, sagt Sebastian. »Wenn ich weiß, dass du dasitzt und wartest. Dann kann ich mich nicht konzentrieren und werde erst recht nie fertig.«

Er steckt die Hände in die Parkataschen, zieht die Schultern zusammen.

»Ich brauche meine Freiheit«, sagt er. »Wir sind doch nicht aneinander genagelt.«

Mein Kopf wird dumpf, wie mit Watte gefüllt. Sebastians Stimme kommt von weit her.

»Ich mag dich doch«, sagt er. »Es war doch schön mit uns. Aber wenn du dich so anklammerst . . .«

»Auf einmal?«, frage ich. Mein Mund ist trocken, ich kann kaum sprechen.

Er nimmt die Hände aus den Taschen, knipst an den Fingernägeln.

»Klar ist es am Anfang anders«, sagt er. »Da ist man ganz wild darauf, zusammen zu sein. Aber so bleibt es doch nicht. Kann es ja nicht. Ich kann doch nicht meine Geige hinschmeißen, wegen einem Mädchen.«

Er streckt die Hände aus, will sie auf meine Schultern legen. Ich weiche zurück und er versucht nicht mich festzuhalten.

»Das ist nun mal so«, sagt er. »Ich habe immer gedacht, du bist eine, die das versteht. Gerade jetzt, vor der Prüfung...«

Langsam verschwindet das wattige Gefühl aus meinem Kopf. Ich werde wütend, ich will ihm wehtun.

»Du bist der King, wie?«, sage ich. »Immer du, du, du!«

»Na und?« Er schiebt den Kopf so weit vor, dass sein Gesicht dicht vor meinem ist. »Warum machst du das denn mit? Sag doch, ich hab keine Zeit, ich muss was anderes tun, ich kann mich nicht immer nach dir richten. Als wir uns kennen gelernt haben, hast du dauernd was vorgehabt. Deine Chemie zum Beispiel. Warum musstest du die aufgeben?«

»Als ob dich das interessiert hätte«, sage ich.

»Ist ja nicht wahr!«, ruft Sebastian so laut, dass sich ein paar Leute umdrehen. »Ich fand das gut. Diese Idee. Worauf du da gekommen bist!«

Auf der Straße liegt ein Plastikbecher. Sebastian stößt mit dem Fuß dagegen. Der Becher rollt ein Stück weiter, bleibt liegen.

»Aber jetzt willst du bloß noch Händchen halten. Das halte ich nicht aus. Darum bin ich wahrscheinlich so.«

»Ich halte das auch nicht mehr aus«, sage ich. »Dich und deine Geige.«

»Such dir wieder was, das dir wichtig ist«, sagt er. »Außer mir.«

»Du bist mir nicht mehr wichtig«, sage ich.

»Du mit deinem Egotrip. Du kannst mich . . .«

Ich mache den Mund zu. Nein, das nicht. Das soll nicht das letzte Wort sein. Ich drehe mich um und gehe in Richtung U-Bahn. Einen Moment lang hoffe ich, dass Sebastian mir nachläuft, mich zurückholt. Er tut es nicht.

Als ich nach Hause komme, sitzt meine Mutter an der Bügelmaschine und lässt gerade einen Bettbezug durchlaufen. Meine Großmutter steht daneben und hält ihn fest.

Ich hänge den Poncho auf. Meine Mutter hat ihre Maschine abgestellt und kommt in die Diele.

»Du siehst ja so traurig aus«, sagt sie. »Hat er wieder keine Zeit gehabt?«

Ich will schnell in meinem Zimmer verschwinden. Dieses »du armes Kind« in ihrem Blick, das halte ich nicht aus. Als ob sie in meine Seele hineinsteigen und aufräumen will: Kummer in den Mülleimer, Sorgen wegwischen, Zweifel glatt streichen.

12

Früher, ja, da fand ich es schön. Heile heile Segen und tut nicht mehr weh, und wein doch nicht, Binchen, Mama ist da. Ich muss nur die Augen zumachen, dann spüre ich es wieder: ihre Hände und der weiche Bauch und ihr Haar auf meinem Gesicht. Und wie sie mir sagt, was ich tun soll und was nicht. Und was richtig ist und was falsch. Und ob ich brav bin oder bös. Und dieses Gefühl, dass mir überhaupt nichts passieren kann, bloß, weil sie bei mir ist. Mama und Binchen . . .

Etwas davon ist immer noch in ihren Augen, wenn sie mich ansieht. Aber das Binchen von damals gibt es nicht mehr.

Komisch, dass sie es nicht begreift. Irgendwann ist sie doch auch einmal so alt gewesen wie ich jetzt, sechzehn und siebzehn. Und hat im Clinch mit ihrer Mutter gelegen. Aber nein, sie muss hinter mir herglucken wie in alten Zeiten – mit diesem Mutterblick, vor dem ich am liebsten davonlaufen möchte. Obwohl sie mir genauso Leid tut wie ich ihr, mit all der Fürsorge, die sie nicht loswird.

Ein Glück, dass sie wenigstens Berti hat, diesen Mamajungen. Aber Berti ist auch schon elf geworden.

Meine Mutter an der Bügelmaschine. Meine Mutter am Herd. Meine Mutter beim Wäscheaufhängen. Meine Mutter beim Staubsaugen.

Und woran denkt sie? An uns. Immerfort an uns.

Sie soll endlich an etwas anderes denken.

13

»Das kann sie nicht«, hat Sebastian einmal gesagt. »Wegen des Mutterhormons.«

»Moment, Bine!«, ruft sie, als ich schon die Klinke von meiner Zimmertür in der Hand halte. »Geh doch schnell zu Peschl und hol Hackfleisch.«

»Ich habe keine Zeit!«, sage ich.

»Nur zu Peschl! Die paar Schritte.«

»Und Berti?«, frage ich.

»Der ist beim Fußball.«

»Komisch«, sage ich. »Sowie du mich siehst, fällt dir was ein.«

»Also, Sabine!« Das ist die Stimme meiner Großmutter. »Sei nicht so unverschämt. Tu, was man dir sagt.«

Sie erscheint in der Küchentür, eine Tischdecke überm Arm.

»So kannst du doch nicht mit deiner Mutter reden!«

Ich halte es nicht mehr aus. Ich will allein sein. Allein.

»Aber ihr mit mir, wie?«, sage ich.

Nebeneinander stehen sie da, meine Mutter, meine Großmutter, beide gleich groß, beide mit dem vorspringenden Kinn, das ich auch habe, beide mit der gleichen runden Stirn, der hellen Haut, den lockigen Haaren, nur, dass meine Mutter blond ist und meine Großmutter grau.

»Ich hab doch gleich gesehen, dass etwas nicht stimmt«, sagt meine Mutter. »Was hat er denn wieder gemacht? Lass dir doch nicht alles gefallen, Bine.«

Ausgerechnet sie! Wenn mir nicht so zum Heulen wäre, müsste ich lachen.

»So viel gefallen lassen!«, sage ich. »Hör doch auf. Fass dich an die eigene Nase.«

Meine Mutter sieht mich überrascht an.

»Ich? Wieso denn ich?«

Da laufe ich in mein Zimmer, schmeiße mich aufs Bett und fange an zu heulen.

Später, als ich mich beruhigt habe, denke ich darüber nach. Dieses »wieso ich?«. Und dieses erstaunte Gesicht dabei. Ob sie so wenig durchblickt?

»Da müssen wir erst Papa fragen – Papa weiß das am besten – das muss Papa entscheiden – ohne Papa kann ich da nichts machen . . .«

Das ist bei ihr eine Art Dauerton und vielleicht merkt sie wirklich nicht, wie es zwischen ihr und meinem Vater läuft, weil alles nach außen hin so demokratisch aussieht.

Keine Entscheidung ohne Diskussion: »Was meinst du, Lotti? – Würde dir das passen, Lotti? – Findest du das gut, Lotti?« Und nachdem er sich geduldig ihre Meinung angehört hat, tut er schließlich genau das, was er für richtig hält.

Ob sie es noch nicht erkannt hat in den zwanzig Jahren? Dass er pfeift und sie tanzt?

Unsere neue Küche zum Beispiel: Mein Vater ist Verkäufer bei Möbelmöller und eines Tages konnte er eine Einbauküche bekommen, ein Auslaufmodell, für uns besonders günstig. Meine Mutter hatte sich schon lange eine Einbauküche gewünscht. Sie strahlte direkt, als er ihr den Prospekt zeigte.

Die Küche gab es in Weiß, Rot und Gelb.

»Ich bin für Weiß«, sagte er. »Weiß ist zeitlos, das sieht man sich nicht über. Was meinst du, Lotti?«

Meiner Mutter gefiel Gelb besser. Sie mag Farben.

»Gelb, Heinz«, sagte sie. »Gelb sieht so warm aus. Als ob die Sonne scheint.«

Den ganzen Abend redete sie von der gelben Küche, und dass sie die Wände gelb streichen und blaue Vorhänge nähen wolle, blau mit gelbem Muster, das passe gut zusammen.

Und dann, als die Küche kam, war es eine weiße.

Mit mir hätte man das nicht machen dürfen. Ich wäre ausgeflippt. Aber meine Mutter? Keine Spur. Sie stand da und sah die Küche an. Zuerst sagte sie nichts. Und schließlich: »Schön ist die. Hätte ich gar nicht gedacht.«

»Natürlich ist Weiß am besten«, sagte mein Vater und damit war die Sache erledigt. Als ich später noch einmal davon anfing, behauptete sie, die Farbe sei ihr von Anfang an gleich gewesen. Wahrscheinlich glaubte sie es sogar.

Also, mich macht das wild. Diese Demutshaltung. Dieses »Papa weiß es am besten«, obwohl sie auch nicht dümmer ist als er. Aber das versteckt sie sorgfältig, damit es keiner merkt, vor allem er nicht. Weil sie es bei meiner Großmutter so gelernt hat. Meine Großmutter, Jahrgang

16

1909: Als ich mit zehn einmal sagte, dass ich Forscherin werden wollte, sprach sie den denkwürdigen Satz: »Unsinn, Auguste, heiraten musste.« Und wenn sie etwas von einer Frau hört, die im Beruf erfolgreich ist, dann fragt sie nur: »Und wer sorgt für den Mann?«

Damit ist meine Mutter groß geworden, das wird sie nicht so leicht wieder los. Und was das Schlimmste ist: Plötzlich, bei Sebastian, hatte ich angefangen auf die gleiche Weise zu ticken. Ohne es zu merken. Wie meine Mutter.

Nein, das stimmt nicht. Ich habe es gemerkt. Aber zu spät. Als es sich nicht mehr abstellen ließ. Und jetzt ist es aus mit Sebastian.

Gut, dass es aus ist. Es tut wahnsinnig weh, aber es ist trotzdem gut.

Ich will nicht wie meine Mutter werden.

Meine Großmutter ist nach Hause gegangen, beleidigt und ohne sich von mir zu verabschieden.

Ich möchte in meinem Zimmer bleiben, allein, nur im Dunkeln liegen und nachdenken, Ruhe haben.

Aber ich muss mein Zimmer mit Berti teilen und ein Bruder wie Berti lässt einen nie in Ruhe.

Manchmal könnte ich durch die Wand gehen, nur um irgendwo hinzukommen, wo es keinen Berti gibt. Berti mit seiner Krähstimme, seiner Unordnung, seiner Neugier und der Überzeugung, dass alles ihm gehört – um das auszuhalten, muss die Geschwisterliebe schon ziemlich groß sein. Er stöbert in meinen Heften, fummelt an dem Mikroskop herum, liest meine Bücher, isst meine Schokolade auf. Berti, wo man geht und steht. Nicht einmal meine Tage kann ich für mich behalten. Ganz am Anfang, als ich ohnehin noch so verklemmt war, bin ich beinahe durchgedreht deswegen. Da hatte er irgendetwas gemerkt – er merkt ja alles – und gefragt: »Was ist denn das?«

Ich habe ihn angebrüllt, er solle die Klappe halten, das ginge ihn einen Dreck an. Aber Berti hält nie die Klappe, vor allem nicht, wenn er einer Sache auf den Grund gehen will.

»Wieso pinkelt die Bine eigentlich Blut?«, erkundigte er sich beim Abendessen. »Ist die krank?«

Ich weiß noch, wie ich dagesessen habe, knallrot. Mein Vater fing an zu lachen und ich habe meinen Löffel in die Suppe geschmissen und bin weggelaufen.

Damals war ich knapp zwölf und auch mit zwölf möchte man ein Recht haben auf Privat- und Intimsphäre. Doch dazu braucht man Platz, mehr als bei uns in der Sechzig-Quadrat-meter-Wohnung, nur drei Zimmer, Küche, Bad.

Ich höre Sebastians Stimme: »Nur drei Zimmer. Das darf man eigentlich gar nicht laut sagen. Überlege dir mal, wie die Flüchtlinge hausen!«

Sebastian hat gut reden. Als Einzelkind ist er von klein auf in einem Zimmer für sich allein gewesen, während ich immer noch keine Ecke habe, in der ich ungestört heulen kann. Weil Berti, mit seinem sechsten Sinn für unpassende Augenblicke, immer dann auftaucht, wenn ich ihn am wenigsten gebrauchen kann.

Auch heute, als ich auf dem Bett liege, die Augen geschlossen, und Sebastian wieder vor mir sehe, auch heute kommt Berti angetrampelt.

»Mann!«, kräht er. »Ich habe drei Tore geschossen. Drei! Wummmmm!«

Er hebt den Fuß und kickt meine Schultasche unter den Tisch.

»Hast du was?«, fragt er, als ich nicht reagiere.

»Geh raus, Berti«, sage ich. »Ich muss nachdenken.«

»Worüber denn?«, will er wissen.

»Hau ab«, sage ich. »Guck dir die Biene Maja an.«

»Gibt's heute nicht«, sagt er. »Du, morgen schreiben wir Bio. Lernst du mit mir?«

Ich schüttele den Kopf. Er solle endlich anfangen allein zu lernen, sage ich und er sagt, ich wäre schuld, wenn er wieder eine schlechte Note bekäme. Außerdem sei ihm das sowieso egal, er würde jetzt glotzen.

Ich habe ein schlechtes Gewissen, weil ich versprochen habe Berti durchs erste Gymnasiumjahr zu bringen. Mein Vater will unbedingt, dass er es schafft.

»Berti ist doch nicht dumm«, behauptet er. »Der braucht nur ein bisschen Hilfe am Anfang.

Zwischen all diesen Akademikerkindern – klar, da hat er es schwer.«

Also zerre ich Berti vom Fernsehen weg und versuche ihm den Magen der Kuh einzutrichtern. Obwohl ich ziemlich sicher bin, dass es sich nicht lohnt. Wenn es um die Tore von Franz Beckenbauer ginge oder um den Unterschied zwischen einem BMW- und einem Mercedesmotor, dann ja. Der Magen der Kuh dagegen hat weder etwas mit Fußball noch mit Autos zu tun und interessiert Berti nicht. Doch er ist der »Stammhalter«, wie mein Vater es nennt, und Stammhalter Berti soll Abitur machen. Deshalb verbringe ich meine Zeit mit seiner Biologie statt über Sebastian und mich nachzudenken. Bis mein Vater heimkommt und meine Mutter »Bine! Berti! Essen!« ruft.

Am liebsten möchte ich mich verkriechen und niemanden sehen. Aber das gemeinsame Abendessen ist für meinen Vater eine Art heilige Handlung. Er gibt keine Ruhe, bis alle seine Lieben versammelt sind. Wir sitzen um den Tisch herum, jeder auf seinem Platz: an den schmalen Seiten meine Eltern, an den Breitseiten Berti und ich. Es gibt einen Suppeneintopf aus Mohrrüben, Kohl, Lauch und Kartoffeln. Mit Fleischklößchen darin.

»Schmeckt gut, Lotti«, sagt mein Vater. »Wie im Grandhotel.«

Die grüne Lampe über dem Esstisch brennt, das ist gemütlich. Eigentlich mag ich sie, diese Abendessen im Winter. Wir wohnen oben im achten Stock und durch die Balkontür kann man die Lichter der Stadt und den schwarzen Himmel sehen und den Fernsehturm mit der Restaurantkuppel, die sich langsam dreht. Im Haus uns gegenüber, hinter einem der vielen hellen Fenster, sitzt eine Familie beim Essen, Eltern, zwei Kinder, genau wie wir.

Mein Vater hat meinen Blick bemerkt.

»Zieh die Vorhänge zu, Bine«, sagt er. »Die Leute können uns ja auf die Teller gucken.«

Er nimmt ein Fleischklößchen, kaut, schluckt. Dann legt er den Löffel hin, sieht von einem zum andern und sagt: »Na ja, das wird sich bald ändern.«

Irgendetwas in seiner Stimme kommt mir merkwürdig vor. Überhaupt – erst jetzt fällt es mir auf – ist er an diesem Abend anders als sonst. Außer seinem Grandhotel-Spruch hat er noch nichts von sich gegeben. Keine dieser üblichen Fragen: »Na, wie war's? Eine Arbeit geschrieben? Eine herausbekommen?«

Meistens allerdings gelten sie Berti. Was mich betrifft, so hat ihn die Schule noch nie sonderlich interessiert.

Dass ich auf dem Gymnasium gelandet bin, habe ich nur Frau Mahr, meiner Lehrerin, zu verdanken, die sich an einem Sonntagabend in unserem Wohnzimmer niederließ und erst wieder ging, nachdem mein Vater dem Schulwechsel zugestimmt hatte. Ich war damals schon in der fünften Klasse und auf mehr als Realschule wollte er sich zunächst nicht einlassen. »Sie wird viel zu alt«, sagte er. »Für ein Mädchen reicht die Realschule.«

Manchmal vermute ich, Frau Mahr hat ihm das Gymnasium nur deshalb abhandeln können, weil im Fernsehen »Tatort« anfing und er sie endlich loswerden wollte.

Inzwischen allerdings weiß er, was das wert war.

»Eigentlich können wir deiner Frau Mahr dankbar sein«, hat er neulich gesagt, als er sich bei der Landesbank wegen einer Lehrstelle für mich erkundigt hatte. »Gymnasiasten nehmen sie viel lieber, vor allem, wenn die Zeugnisse so gut sind wie deine.«

Aber wirklichen Anteil nimmt er nur an Bertis Schulgeschichten. Da will er alles genau erfahren: ob Berti etwas gewusst hat und ob er gelobt worden ist. Abend für Abend das Gleiche, und Berti murmelt ja, ja, ja um endlich seine Ruhe zu haben.

Merkwürdig, dass mein Vater heute Abend keine einzige Frage stellt. Und auch nichts vom Geschäft erzählt. Möbelmöller – das ist sonst Thema Nummer eins. Mein Vater hat schon als Lehrling dort angefangen und inzwischen ist er so etwas wie erster Verkäufer, die rechte Hand vom alten Möller. Das Wort »Geschäft« klingt aus seinem Mund beinahe feierlich. Mich nervt das, ich finde, es gibt wichtigere Dinge, über die man reden könnte. Aber als ich einmal eine Bemerkung in der Richtung machte, hat mein Vater mich nur angesehen und gesagt: »Da musst du dir einen anderen Vater suchen, Sabine. Ich bin Möbelverkäufer und kein Professor.«

Ich hatte mich geschämt damals, weil ich wusste, dass er gern auf die Realschule gegangen und Ingenieur geworden wäre. Doch in der Zeit nach dem Krieg, als er jung war, ging das nicht. Sein Vater war gefallen und als Ältester musste er helfen die Familie durchzubringen.

Eigentlich ist es auch lustig, wenn er vom Geschäft erzählt. Kunden beschreiben, das kann er wie ein Schauspieler. Neulich zum Beispiel die Geschichte mit dem Ehepaar, das sich wegen eines Schrankes in die Haare geriet: Er wollte den teuren, sie den billigen. Zuerst sprachen sie sehr gewählt miteinander. Langsam wurden sie lauter, schließlich brüllten sie und dann, als ihnen wieder zum Bewusstsein kam, wo sie sich befanden, rannten sie mitten im Satz davon.

Das hat mein Vater uns vorgespielt, mit verteilten Rollen sozusagen, wie im Theater. »Noch mal, noch mal, Papa«, hat Berti gekreischt. Vor Lachen sind wir kaum zum Essen gekommen.

So etwas passiert öfter bei uns. Fast immer bringt mein Vater irgendwelche komischen Geschichten mit. Aber heute Abend – nichts. Nur das Grandhotel. Und dann der Satz: »Na ja, das wird sich bald ändern.«

Meiner Mutter kommt es auch seltsam vor. »Wieso?«, fragt sie und macht ihr Katastrophengesicht.

»Wieso?« Mein Vater sieht sie an, als wundere

er sich, dass sie sich wundert. »Ganz einfach. Weil wir ein Haus kaufen.«

»Himmel!«, flüstert meine Mutter und Berti ruft: »Ein Haus! Mann, toll! Wo denn?«

»In Ellering«, sagt mein Vater.

»Wo ist das denn?«, will Berti wissen, und als mein Vater »Richtung Landsberg, ungefähr vierzig Kilometer von München weg« sagt, schüttelt Berti den Kopf. »Geht nicht. Ich bin doch hier in der Fußballmannschaft.«

»Dort gibt es sicher auch eine«, sagt mein Vater.

»Ich will aber in dieser bleiben«, erklärt Berti. Es hört sich so jämmerlich an, dass er mir Leid tut. »Papa, wir wollen nicht in dies beschissene Ellerding ziehen.«

»Ellering«, verbessert mein Vater. »Das wird dir schon gefallen.«

»Nein!«, schreit Berti. »Nie!«

Meine Mutter hat bis jetzt geschwiegen. Stumm sitzt sie da, den vollen Löffel in der Hand. Es gibt ein Spiel, bei dem muss man, wenn der Ruf »stopp« ertönt, mitten in der Bewegung erstarren, sonst kostet es ein Pfand. Genauso sieht sie aus: wie nach dem Kommando »stopp«.

Erst als Berti »nie« brüllt, wird sie wieder lebendig.

»Reg dich nicht auf, Berti«, sagt sie. »Papa macht nur Spaß.«

»Wirklich, Papa?«, fragt Berti. »Stimmt das?«

Mein Vater schüttelt den Kopf.

»Von wegen Spaß. Diesmal wird's ernst.«

»Aber Heinz!« Meine Mutter verschluckt sich vor Aufregung. Sie muss husten und es dauert eine Weile, bis sie weitersprechen kann. »Das ist doch . . . Du kannst doch nicht einfach losgehen und ein Haus kaufen! Darüber muss man doch reden!«

»Natürlich reden wir darüber«, sagt mein Vater mit dieser Krankenwärterstimme, die er immer hat, wenn er etwas durchbringen will. »Sonnabend zeige ich es euch und dann reden wir. Ein schönes Haus! Gerade richtig für die Familie Haller. Und erschwinglich. Ist noch ein bisschen Suppe da?«

Meine Mutter steht auf. Sie steht auf, tatsächlich, und holt ihm Suppe.

Als sie ihm den Teller hinstellt, nimmt er ihre Hand.

»Mach doch nicht so ein Gesicht, Lotti«, sagt er. »Wenn du das Haus erst kennst, wirst du mir Recht geben. Also, abwarten und Tee trinken.«

Meine Mutter nickt. Nicht gerade begeistert. Aber immerhin, sie ist still und nickt und ich sage: »Da hast du's.«

Ich weiß nicht, ob sie versteht, was ich meine.

Mein Vater greift wieder nach seinem Löffel. Er sitzt da und isst, ein bisschen vorgebeugt, den linken Arm auf dem Tisch, als ob nichts geschehen sei.

Vierzig Kilometer! Das kann doch nicht wahr sein. Vierzig Kilometer weg von Sebastian. Es ist aus mit ihm – aber vierzig Kilometer, da könnten wir ebenso gut nach Australien ziehen.

»Wir und ein Haus«, sage ich. »Wer soll denn das bezahlen?«

Mein Vater wirft mir einen strafenden Blick zu.

»Das ist nun wirklich nicht deine Sache, Sabine.«

»Doch«, sagt meine Mutter und ich denke, ich höre nicht richtig. »Doch, das ist auch Sabines Sache. Sabines und Bertis und meine. Weil wir es wirklich nicht bezahlen können.«

»So?« Mein Vater lächelt wie über einen mäßigen Witz. »Na, dann seht euch mal um, wer alles ein Haus hat. Wer das alles geschafft hat.«

»Andere vielleicht«, sage ich.

»Was andere schaffen, schaffen wir auch«, sagt er.

»Und wie?«, fragt meine Mutter. »Bei den Preisen heutzutage! Und den Zinsen!«

Mein Vater holt ein Stück Papier aus der Hosentasche und legt es auf den Tisch. Es ist mit Zahlen voll geschrieben.

»Natürlich kriegt man es nicht umsonst. Ein bisschen einschränken müssen wir uns schon. Sabine wird ja auch bald mit der Schule fertig.«

Wie fest das für ihn steht! Im Herbst habe ich gesagt, dass ich nach der mittleren Reife abgehen wolle. Ich habe den Lehrvertrag mit der Landesbank schon fast in der Tasche. Aber das war im Herbst. Jetzt, nach dem Krach mit Sebastian, habe ich das Gefühl, als ob sich alles verändert hätte. Was soll ich bei der Bank? Was hat die Bank mit Chemie zu tun? Doch für meinen Vater zählt das nicht. Er hat mich und die Bank fest einkalkuliert.

»Und so ein Haus, das lohnt sich doch«, sagt er. »Da weiß man, wofür man arbeitet. Ein Garten, Lotti! Stell dir vor, ein Garten.« Er lächelt meine Mutter beruhigend an.

»Keine Sorge, ich war schon bei der Sparkasse. Da!« Er zeigt auf das Blatt mit den Zahlen. »Die geben mir das Geld.«

Meine Mutter sieht die Zahlen nicht an. Sie beginnt den Tisch abzuräumen. Vielleicht denkt sie das Gleiche wie ich: dass er schon eine ganze Weile an dem Projekt herumgebastelt hat, Erkundigungen eingeholt, die Finanzierung durchgerechnet. Und klammheimlich. Ohne ein Wort zu sagen. Obwohl es doch um uns alle geht.

Plötzlich fällt mir Silvester ein, die vorige Silvesternacht, mein Geburtstag, an den spätestens gegen Abend kein Mensch mehr denkt. Ich sehe es wieder vor mir, das Bild: wir vier auf unserem Balkon, die gefüllten Gläser in der Hand, mein Vater, meine Mutter, Berti und ich, und unten die Stadt, mit Türmen im Scheinwerferlicht und glitzernden Hochhäusern, mit Leuchtreklamen und Signalen und Bogenlampen und dem Flimmern der Autoschlangen. Alle Glocken läuten, Raketen steigen auf, zerplatzen, fallen als Funkenregen vom Himmel . . .

»Hoffentlich wird es gut, das neue Jahr«,

sagte meine Mutter. »Frieden, das ist die Hauptsache.«

Das sagt sie jedes Mal, wenn Silvester ist, und ich wusste nie genau, was sie damit meinte. Aber in den letzten Monaten war so viel passiert in der Welt, dass ich ihre Worte zum ersten Mal ernst nahm und ein bisschen Angst hatte vor den Sprüchen meines Vaters – »wir werden das Kind schon schaukeln« oder so ähnlich. Er hat ja einen Vorrat für alle Gelegenheiten.

Doch es kam etwas anderes.

Mein Vater hob das Glas.

»Auf unser neues Haus«, sagte er.

Meine Mutter lachte und stieß mit ihm an. »Auf dein Luftschloss, Heinz.«

Wir gingen ins Wohnzimmer zurück und Berti fiel wieder über die Krapfen her.

»Schling nicht so, Berti«, sagte meine Mutter. »Die isst dir keiner weg.«

»Doch«, sagte Berti. »Weil bloß noch so wenig da sind.«

Dann verschluckte er sich. Meine Mutter musste ihm auf den Rücken klopfen, und als Berti endlich nicht mehr hustete, sagte mein Vater: »Wartet nur ab, es ist kein Luftschloss.«

Es ist kein Luftschloss . . .

Vielleicht hätten wir besser hinhören müssen.

Meine Mutter setzt die Teller so hart ineinander, dass es klirrt.

»Mama will es auch nicht«, jault Berti. »Weil wir kein Geld haben.«

Mein Vater steht auf. Er stellt sich hinter Berti und legt die Arme um ihn.

»Einen guten Fußballer können sie überall gebrauchen. Und Mama wird schon wollen. Sieh mal, da bringt sie den Nachtisch.«

Beim Anblick des Puddings vergisst Berti seine Fußballmannschaft.

»Mit Aprikosen! Toll! Willst du deins, Bine?«

Ich schiebe ihm meine Portion hin.

Mein Vater löffelt gedankenlos den Nachtisch in sich hinein.

»Ein Notverkauf«, sagt er. »Der Mann, der das Haus gebaut hat, ist pleite. Schlimm. Das Haus fertig und er kann nicht einziehen. Wenn bis Sonntag kein Käufer da ist, wird es versteigert.«

»Und warum hat sich noch kein Käufer gefunden?«, frage ich.

Er sieht mich an und lächelt.

»Keine Ahnung. Möglich, dass es den meisten zu weit draußen liegt. Die haben eben keine Fantasie.«

Er greift nach dem Fernsehprogramm. Ich stehe auf. Meine Mutter lässt mich ohne den Alarmruf »Bine! Abdecken!« gehen.

Ich ziehe mich aus, putze die Zähne, wasche das Make-up weg, mit dem ich versuche die Narbe zu verbergen. Eigentlich brauche ich es nicht mehr. Sie ist hell und weich geworden, nur noch ein Strich.

Im Bett halte ich mir eine Weile das Englischbuch vors Gesicht, pro forma nur, ohne zu lernen. Dann, als ich Bertis Schritte höre, mache ich das Licht aus und drehe mich zur Wand.

Berti reißt die Tür auf. »Schläfst du etwa schon?«, fragt er in einer Lautstärke, die eine ganze Jugendherberge aus dem Schlummer holen könnte.

Ich antworte nicht.

»Mann, die schläft schon«, murmelt Berti. Auf Zehenspitzen trampelt er quer durchs Zimmer, nimmt sein Nachtzeug und trampelt zum Bad.

Nach einer Weile ist er wieder da und kriecht ins Bett. Ein paar Mal schmeißt er sich noch hin und her, dann höre ich seine Schlafgeräusche: ruhige Atemzüge, Prusten und Rasseln dazwischen. Berti schläft immer gleich ein. Wie mein Vater.

Mein Vater. Das Haus. Sebastian. Alles an einem Tag. Merkwürdig, manchmal passiert nichts, tagelang, wochenlang nichts. Und dann alles an einem Tag.

Sebastian. Ich habe solche Sehnsucht nach Sebastian. Ich versuche ihn herbeizudenken, neben mich zu denken, ihn zu spüren. Aber es gelingt mir nicht. Er ist nicht da. Er wird nie wieder da sein.

»Woher stammt das?«, hatte Sebastian gefragt, als wir uns kennen lernten, und auf meine Narbe gezeigt. Anfang Mai war das, während einer Freistunde. Ich saß auf der Mauer vom Schulhof und sonnte mich, den Kopf zurückgelehnt, die Augen geschlossen, da hörte ich Sebastians Stimme. Oder besser: Ich hörte eine Stimme, und als ich die Augen aufmachte, stand Sebastian vor mir.

Natürlich wusste ich, wer er war. Alle in der Schule wussten es, weil er seit Jahren bei jeder Feierlichkeit Geige spielte. Aber gesprochen hatte ich noch kein Wort mit ihm. Ich war in der neunten Klasse, Sebastian in der zwölften. Außer ein paar Freunden schien er sowieso niemanden zur Kenntnis zu nehmen.

»Ganz schön arrogant, der Typ«, sagte meine Freundin Monika, die ihn einmal auf einem Fest getroffen hatte. »Der hält sich für den Größten.«

Er hatte in einer Ecke gesessen, allein. Als Monika sich neben ihn setzen wollte, war er aufgestanden und hatte ihr seinen Platz angeboten. Mit der Bemerkung: Der ist schon vorgewärmt.

Monika war wütend gewesen damals, ich auch. Idiot, hatte ich gedacht.

Inzwischen weiß ich, dass Sebastian immer zurückweicht, wenn jemand auf ihn zukommt. Er braucht ein Stück Niemandsland zwischen sich und den anderen. Nur er darf es überqueren, sonst keiner.

Im Mai, als er plötzlich vor mir stand, hatte er es überquert.

»Du sahst so hübsch aus auf der Mauer«, sagte er mir später. »Mit diesem zurückgelegten Kopf. So musikalisch.«

»Ich und musikalisch!«, sagte ich.

»Deine Haltung war musikalisch«, sagte er.

Typisch Sebastian. Er fand auch meinen Gang musikalisch. Und meine Bewegungen. So etwas sah er. Mein Gesicht, glaube ich, hatte er gar nicht zur Kenntnis genommen. Höchstens die Narbe, weil sie so rot war wie sein Hemd.

»Woher stammt das?«, fragte er.

Beinahe wäre ich von der Mauer gesprungen und weggerannt. Ich hatte solche Hemmungen gehabt, mit dieser Narbe in die Schule zu gehen. Sie lief von der Schläfe zum Backenknochen und ich glaubte, dass jeder sie anstarrte. Für einen Moment hatte ich sie vergessen, dort in der Sonne.

»Wahnsinnig komisch, was?«, zischte ich ihn an und zog die Haare noch weiter ins Gesicht. Kurz vor dem Unfall hätte ich sie beinahe abschneiden lassen. Jetzt war ich froh, dass sie immer länger wurden.

Sebastian setzte sich neben mich.

»Wie ist das denn passiert?«, fragte er. »Mit dem Auto?«

Es klang beiläufig, ohne Mitleid in der Stimme oder Neugier. In der Klasse hatten sie an der Narbe vorbeigeguckt, so getan, als ob sie gar nicht da wäre, und nur verstohlen und hastig einen Blick riskiert. Am liebsten hätte ich den Kopf in die Tasche gesteckt vor Verzweiflung. Bei Sebastians Frage, dieser ganz normalen Frage, änderte sich das. Ich wusste nicht warum, aber ich konnte über die Narbe sprechen.

»Mit dem Rad«, sagte ich. »Mich hat einer angefahren. Und da lag eine Glasscherbe.«

»Hat es sehr wehgetan?«, fragte er.

Ich nickte. »Ziemlich. Und unheimlich geblutet. Es musste genäht werden.«

Er streckte den Zeigefinger aus und schob meine Haare beiseite. Dann strich er über die Narbe, langsam, von einer Nahtstelle zur anderen.

»Das verblasst allmählich«, sagte er. »Zum Schluss fällt es kaum noch auf.«

Er schob das rechte Hosenbein hoch und zeigte auf einen hellen Strich an der Wade.

»Der war auch so dick und rot. Und jetzt sieht man nur noch ganz wenig.«

»Aber im Gesicht . . .«, sagte ich.

»Das ist dann dein Markenzeichen.«

»Sprüche«, sagte ich.

Er sah mich an ohne zu lächeln.

»Nur, solange du es dir einredest. Es hängt von dir ab, ob du eine Narbe hast oder nicht.«

Er rutschte von der Mauer. »Wann habt ihr heute Schulschluss?«

»Um eins«, sagte ich.

»Ich auch«, sagte er. »Ich warte auf dich.«

Ich liege im Bett und habe es wieder im Ohr: Ich warte auf dich . . .

Das war im Mai, vor zehn Monaten. Sebastians Stimme. Dieselbe Stimme, die heute ganz anders geklungen hat: »Wir sind doch nicht aneinander genagelt! – Warum hast du alles aufgegeben? – Such dir etwas, das wichtig für dich ist, außer mir.« Lauter Ohrfeigen. Aber vielleicht hat er Recht. Alles, was für mich wichtig war, habe ich aufgegeben.

Sogar meine Chemie.

»Deine Chemie! Ich fand das gut. Diese Idee, auf die du gekommen bist.«

Meine Chemie . . .

Als ich elf war, hatte es angefangen, damals, als Monikas Bruder mir bei jedem Besuch seinen Experimentierkasten zeigte und ich begriff, was man alles damit machen konnte. Von da an war ich versessen auf Chemie. Zu Weihnachten bekam ich endlich selbst so einen Kasten, ausgerechnet von meiner Großmutter, die, wenn sie geahnt hätte, was sie mit diesem Geschenk in Gang setzte, das Geld bestimmt lieber in Frottierhandtüchern angelegt hätte. Aber jetzt war der Kasten da. Unten in der Waschküche, die niemand mehr benutzte, fing ich an zu experimentieren – alle Versuche, die in der Anleitung standen, und danach andere, die ich mir selbst überlegte.

Ich kaufte mir auch Bücher, »Chemische Experimente« zum Beispiel und später andere, die ich systematisch durchackerte. Um an das nötige Geld zu kommen, Geld für Bücher, Chemikalien, Bunsenbrenner, Glaskolben, Mörser, Gläser, trug ich das Anzeigenblättchen in unserem Stadtteil aus und gab Nachhilfestunden in Mathematik. Denn inzwischen war ich älter geworden, fünfzehn, sechzehn, und immer noch besessen von Chemie.

Als es dann Unterrichtsfach wurde, wusste ich schon so viel wie die Abiturienten. Aber erst in der Schule ging mir auf, wie eng Chemie und Biologie aneinander gekoppelt sind. Das fiel in die Zeit, als mir auch klar wurde, was mit unserer Umwelt passierte, und ich bei jedem Apfel an das Gift in seiner Schale denken musste, das nicht nur die Insekten, sondern auch uns kaputtmachte. Und kurz bevor ich Sebastian traf, war ich auf »diese Idee« gekommen.

Ich hatte etwas über Schmetterlinge gelesen; über den Geruch, den ein Weibchen absondert, einen so starken Geruch, dass damit Männchen über fast fünf Kilometer hin angelockt werden können.

So winzige Mengen an Duftstoffen! Einzelne Moleküle nur – und diese Wirkung!

Das war mein erster Gedanke. Der zweite: Wenn das möglich ist, eine so gewaltige Anziehung, dann müsste es auch das Gegenteil geben: Abstoßung durch Geruch. Und dann der dritte Gedanke: etwas in dieser Art finden, Geruchsstoffe, von denen Insekten abgestoßen werden. Die Stoffe in der Natur suchen, ihnen auf die Spur kommen, ihren Aufbau analysieren und, wenn man ihn kennt, ein natürliches Sprühmittel daraus herstellen. Ein Sprühmittel ohne Gift, das nichts kaputtmacht, sondern nur Schaden verhütet.

Das war sie, die Idee. Das hatte ich Sebastian erzählt.

»Man müsste Insekten in Glaskäfigen züchten«, hatte ich gesagt. »Und sie mit allen möglichen natürlichen Aromastoffen in Kontakt bringen. So lange, bis man etwas findet.«

Sebastian war der Erste, mit dem ich darüber sprach. Ich hatte mir schon Bücher aus der Bibliothek beschafft und versuchte so viel wie möglich über Pflanzen zu erfahren, die von gewissen Insekten gemieden werden, weil sie Abwehrstoffe produzieren. Ich war auf dem Weg gewesen. Und plötzlich nicht weitergegangen.

»Warum hast du das alles aufgegeben?«, hat Sebastian gefragt.

Heute verstehe ich es nicht mehr. Wenn ich die Zeit zurückdrehen könnte, ich würde alles ganz anders machen.

Ich setze mich im Bett auf. Zurückdrehen, nein, das geht nicht. Nur anders machen, noch einmal neu anfangen.

Ich schiebe die Bettdecke zur Seite, will aufstehen, bei Sebastian anrufen, ihm sagen, dass wir es noch einmal versuchen wollen. Aber ich lege mich wieder hin. Es hat keinen Zweck. Ich würde es nicht anders machen, nur wieder genauso. Dasitzen. Warten. Sebastian, sonst nichts. Und er würde auf mir herumtrampeln, weil ich eine bin, die auf sich herumtrampeln lässt. Ich durchschaue es und kann es nicht ändern. Weil Durchschauen eine Sache ist und Ändern eine andere.

Ich bin nicht gut für Sebastian und Sebastian ist nicht gut für mich. Ich will nicht mehr.

»Ich will nicht mehr, Sebastian«, sage ich.

Sein Gesicht ist dicht vor meinem, ich brauche nur die Hände auszustrecken.

»Ich will nicht mehr!«, schreie ich. »Ich will nicht mehr!«

Von Bertis Bett kommt ein Geräusch.

»Was ist los?«, wimmert er verschlafen.

Das bringt mich in die Wirklichkeit zurück.

»Still, Berti«, sage ich. »Ich habe geträumt.«

»Du hast so geschrien. Jetzt habe ich Angst.«

Ich stehe auf und gehe zu ihm hin. Halb wach starrt er mich an. Ich drücke ihn in sein Kissen zurück und decke ihn zu.

»Hab keine Angst, Berti«, sage ich. »Ich bin doch da.«

Er reißt die Augen auf. Plötzlich ist er munter.

»Angst? Du spinnst wohl? Wovor soll ich denn Angst haben?« Beleidigt dreht er sich zur Wand. »Angst! Mann!«

Gleich darauf schläft er schon wieder. Ich mache das Licht aus und versuche ebenfalls einzuschlafen.

Es ist Samstag und wir fahren nach Ellering. Es dauert endlos: durch München, über die B 12, abbiegen auf eine Nebenstraße, ein Stück durch den Wald. Und als wir endlich da sind, möchte ich gleich wieder kehrtmachen.

So ein Dorf, das kann hübsch sein. Die weiß getünchten Häuser, Blumen vor den Fenstern, der Platz mit der Kirche, ein paar Hunde und ein paar Kinder auf der Straße, und alles so gemütlich. Im Vorbeifahren hat mir das immer gut gefallen. Doch wenn man wie ich aus der Stadt kommt und plötzlich in so einem Nest wohnen soll, dann sieht das anders aus. Ich weiß, überall wird die Stadt schlecht gemacht, und es stimmt ja, was sie sagen: der Schmutz und die Abgase und der Lärm und die Anonymität in den Hochhäusern. Nur: Mir gefällt es in der Schleißheimer Straße, oben im achten Stock, auch wenn ich auf den Krach und den Gestank schimpfe. Und was die Anonymität betrifft: Ich kenne genug Leute und die Leute kennen mich.

»Grüß Gott, Sabine«, sagen sie, wenn ich in einen Laden komme, und ich sehe mit einem Blick, ob sie gute oder schlechte Laune haben. Der Metzger und der Bäcker und die Reinigung mit der netten Griechin, und der Trödelbazar und der Supermarkt an der Ecke und der alte Schuhmacher Seidl – das alles gehört zu mir, jeder Quadratmeter. Sicher, die Luft ist schlecht. Und trotzdem möchte ich lieber dort bleiben als in die gute Luft von Ellering ziehen.

Ellering. Eine Straße mit Bauernhöfen, eine Kirche, ein Friedhof, ein Wirtshaus, ein Laden. Aus.

»Wo ist denn der Fußballplatz?«, quengelt Berti.

»Nun warte doch«, sagt mein Vater. »Seht mal! Dort!« Er zeigt auf ein paar Neubauten, die hinter dem letzten Hof stehen, Einfamilienhäuser, mitten auf der Wiese, wie Warzen in der Landschaft.

»Hübsch, was?«, sagt mein Vater. »So in der Natur! Man kann sogar die Berge sehen.«

Er fährt an den Häusern vorbei und hält vor dem letzten. Ein weißes Haus mit einer Terrasse. Rundherum aufgewühlte Erde, Bauschutt, Bretter, Dreck, dazwischen zwei einsame Birken.

»Himmel!«, sagt meine Mutter.

»Wieso?«, fragt mein Vater. »Der Garten muss natürlich erst angelegt werden. Rasen, Blumen, Sträucher, Bäume.«

Verklärt blickt er auf die Lehmklumpen vor seinen Füßen. »Wenn das alles grün ist . . .!«

»Gibt es hier überhaupt einen Laden?«, fragt meine Mutter.

Mein Vater nickt. »Im Dorf. Hast du den nicht gesehen? Aber wir fahren sowieso zum Supermarkt. Da ist es billiger. Und du kriegst eine große Kühltruhe!«

»Und dann kommt eine große Stromsperre«, sage ich.

»Schluss, Sabine«, sagt mein Vater. »Seht euch erst mal das Haus an.«

Wir balancieren über einen Steg zur Haustür und mein Vater schließt auf.

Um es gleich zu sagen: Das Haus gefällt mir. Unten ein großes Wohnzimmer mit Holzdecke, mit einer Terrasse, einer Essecke, von der man in die Küche kommt, und außer der Ölheizung noch ein dicker grüner Kachelofen. Und im ersten Stock neben dem Schlafzimmer für meine Eltern noch zwei andere. Schöne Zimmer, nicht nur Löcher.

»Ich nehme dies hier!«, schreit Berti und stürzt in das größere. »Da kann ich meine Eisenbahn aufbauen.«

Mein Vater pfeift ihn zurück.

»Sabine ist die Ältere. Die hat Vortritt.«

»Sie können ja auch losen«, meint meine Mutter und ich sage: »Von mir aus kann er beide haben.«

Ich will nicht nach Ellering. Ein eigenes Zimmer wäre gut. Aber nicht in diesem Kaff. Nein, danke.

»Ist doch Blödsinn«, sage ich. »So ein Haus! Ausgerechnet jetzt, mitten in der Ölkrise.«

»Wir haben einen Kachelofen«, sagt mein Vater.

Haben! Nicht etwa hätten.

Meine Mutter geht ans Fenster.

»Vielleicht ist es gar nicht so schlecht, auf dem Land zu wohnen. Im Wald gibt es Holz und Tannenzapfen. Notfalls kann man im Garten Kartoffeln anbauen.«

»Biologisch oder wie man das nennt«, sagt mein Vater. »Ich denke, du bist so grün, Bine.«

Ich sehe meine Mutter an.

»Also hat Papa dich schon rumgekriegt?«

Sie verzieht das Gesicht zu einer Art Lächeln und zuckt mit den Schultern. Sie hat sich abgefunden. Mein Vater ist versessen auf das Haus.

Und wenn er auf etwas versessen ist, hat sie noch nie versucht ihn aufzuhalten. Höchstens ein schwacher Protest. So wie gestern, als wir über den Schulweg gesprochen haben. Vier Kilometer bis zum Bahnhof! Vier Kilometer mit dem Rad, und dann noch zwei S-Bahn-Stationen. Jeden Tag, morgens und mittags. Einen Schulbus gibt es nur für die Hauptschüler und der fährt in die andere Richtung.

»Und wenn es regnet?«, hat sie gerufen. »Oder im Winter bei Eis und Schnee? Das kann man doch den Kindern nicht zumuten!«

Für meinen Vater sind das Kleinigkeiten.

»Wieso denn nicht?«, hat er gefragt. »Rad fahren ist gesund. Laufen auch. Wenn ich an meine Jugend denke! Eine Stunde Schulweg – kein Mensch hat ein Wort darüber verloren.«

Er winkelte die Arme an. »Da! Ich habe wenigstens Muskeln gekriegt!«

Ich fragte ihn, ob er vielleicht auf den Händen zur Schule gelaufen sei, worauf meine Mutter »Sabine, sei nicht so frech!« rief und das Thema sich erledigt hatte.

Nein, von meiner Mutter ist kein Widerstand zu erwarten. Sie fängt bereits an das Haus mit den Augen meines Vaters zu sehen.

»Ist doch wirklich schön«, sagt sie und geht durchs Wohnzimmer auf die Terrasse. »Dieser Blick! Und so viel Platz. Wir hatten noch nie genug Platz.«

»Also, Mama«, sage ich. »Was willst du denn hier? Bei uns im Haus, da kennst du sämtliche

Frauen. Mit denen kannst du reden. Und nachmittags Kaffee trinken. Das tust du doch gern. Und Inge!«

Inge ist ihre Freundin. Einmal in der Woche bummeln sie zusammen durch die Fußgängerzone und gucken Schaufenster an. Meine Mutter ist zweiundvierzig, aber noch schlank wie auf ihrem Hochzeitsbild. Und jedes Kleid, das sie in den Auslagen sieht, kann sie nachnähen, für sich und für mich.

»Du könntest dich ja gar nicht mehr mit Inge treffen«, sage ich.

»Dafür haben wir hier die schöne Umgebung«, sagt mein Vater.

»Klar«, sage ich. »Vor allem nachts, wenn der Mond sich in den Pfützen spiegelt.«

»Gibt es hier einen Fußballplatz oder nicht?«, will Berti wissen.

»Wir sehen uns gleich mal um«, sagt mein Vater und geht mit ihm zum Auto. Nach fünf Minuten kommen sie wieder. Es gibt einen Fußballplatz.

Mein Vater lehnt sich gegen die Terrassenbrüstung und lässt den Blick über die Landschaft wandern, über die Wiesen, die gleich neben dem Grundstück beginnen, den Wald dahinter, die Hügelketten. Es ist ein grauer Tag, kein Föhn mehr, und der Himmel voller Schneewolken. Aber im Frühling oder Sommer ist es sicher schön hier.

»Wenn ich heute Nachmittag unterschreibe«, sagt mein Vater, »könnten wir schon zum ersten

April einziehen. In Ordnung ist ja alles. Was meinst du, Lotti?«

»Himmel!«, sagt meine Mutter.

2

Fünf Wochen sind vergangen, seit wir das Haus zum ersten Mal gesehen haben. In einer Woche ziehen wir nach Ellering. Unsere alte Wohnung ist schon wieder vermietet.

Unsere alte Wohnung – wie das klingt. Wie etwas, mit dem man nichts mehr zu tun hat. Bis vor fünf Wochen haben wir noch zusammengehört, die Wohnung und ich. Und jetzt, wenn ich jetzt die Tür aufmache, dann kommt es mir vor, als versuchten die Wände zurückzuweichen. Meins ist das nicht mehr und etwas anderes habe ich noch nicht.

Diese fünf Wochen. Das sind nicht fünf Wochen, das sind fünf Jahre, so viel ist passiert.

Am 17. März ist meine Großmutter gestorben. Meine Großmutter mit dem krausen weißen Haar und dem Apfelgesicht. Meine Großmutter, die immer dabei ist, wenn ich an meine Kindheit denke. Ich sehe uns, sie und mich, wie wir zusammen durch die Stadt gehen, einkaufen im Supermarkt, auf dem Bahnhof Züge angucken, in die Tram steigen, beim Oktoberfest Karussell fahren, auf dem Christkindlmarkt Krippenfiguren aussuchen, in ihrer Küche Plätzchen backen. Und dann das Sofa. Wir sitzen auf dem Sofa, ich kuschele mich in ihren Arm und sie erzählt von Dornröschen und Hänsel und Gretel und Aschenputtel. Aschenputtel mochte ich am liebsten. Erzähl von Aschenputtel, Oma, die Guten ins Töpfchen, die Schlechten ins Kröpfchen. Meine Großmutter und das Geschichtensofa ...

Ich habe so an ihr gehangen damals. »Die Bine ist ein richtiges Omakind.« Später wurde das anders. Und jetzt ist sie tot.

Wie leicht sich das sagt: Ein Mensch ist geboren. Ein Mensch ist gestorben.

Im Juli wäre meine Großmutter einundsiebzig geworden.

»Was, schon siebzig?«, staunten die Leute, wenn sie ihr Alter nannte. »Das sieht man Ihnen aber nicht an.«

Dann freute sie sich und sagte: »Ich lebe ja auch danach.«

Meine Großmutter war Vegetarierin, allerdings erst seit elf Jahren. Vorher, als mein Großvater noch lebte, gab es schon zum Frühstück Leberwurst und fast jeden Sonntag die berühmte gefüllte Rippe. »Um die ist es schade«, sagte mein Vater. »Die kriegt keiner so hin wie Oma.«

Warum meine Großmutter dem Fleisch abgeschworen und wer sie dazu bekehrt hatte, wusste niemand genau. Mein Vater behauptete, ein Mann sei dabei im Spiel gewesen, ein gewisser Otto, dessen Name ein paar Mal aufgetaucht, dann aber wieder verschwunden war. »Der Hühnerfutterapostel«, nannte mein Vater ihn.

Meine Großmutter aß nämlich hauptsächlich Körner, als Brei, als Müsli, als Bratlinge, als Suppe: Körner in jeder Form, mit Gemüse, mit Milch, mit Kräutertee. Eigentlich ganz modern, und wenn ich an die Antibiotika und Hormone denke, die den Tieren gespritzt werden, damit sie möglichst schnell viel Geld bringen, könnte ich mir vorstellen, dass ich eines Tages auch von Schnitzel auf Körner umschalte. Allerdings nicht wegen »Bruder Tier« wie meine Großmutter, sondern weil ich mich nicht kaputtmachen lassen will.

Wie sie uns mit ihrem »Bruder Tier« auf die Nerven gefallen ist! »Kannibalismus!«, hat sie gemurmelt, wenn sie uns bei Rindsrouladen oder Bratwürsten am Tisch sitzen sah. Und zu meiner Mutter: »Die armen Kinder. Du wirst einmal dafür geradestehen müssen.«

Auch als ich noch klein war, habe ich gemerkt, wie meine Mutter sich unter diesen Worten wand, wie sie eine Antwort geben wollte und es nicht wagte. Und wie sie es dann an mir ausließ bei der nächsten Gelegenheit. Damals bekam ich diesen Zorn auf meine Großmutter, der nie ganz verschwunden ist. Eine Zeit lang habe ich mir immer, wenn sie auftauchte, ein Stück Wurst aus dem Eisschrank genommen, nur um sie zu ärgern.

Mein Vater, glaube ich, hätte sie am liebsten hinausgeworfen. Erst jetzt begreife ich, warum er es nicht durfte.

»Nein, Heinz!«, flehte meine Mutter, wenn er damit drohte. »Sie meint es doch gut. Und sie tut so viel für uns.«

Meine Großmutter hatte nur eine kleine Rente, aber was sie davon sparen konnte, bekamen wir. Bettwäsche kaufte sie, Geschirr, Wintermäntel – ich weiß nicht, wie sie das gemacht hat. Und immer war sie da um meiner Mutter zu helfen, bei Krankheiten, beim Marmeladekochen, beim Putzen. Sie wohnte ganz in unserer Nähe und einmal am Tag kam sie bestimmt vorbei.

»Nett, dass du kommst, Mutti«, sagte meine Mutter jedes Mal im gleichen Tonfall. Dabei veränderte sich alles an ihr, das Gesicht, die Bewegungen, die Stimme. Sie wurde zur Tochter, aber so, als wäre es eine Theaterrolle. Meine Großmutter, glaube ich, hat das nie gespürt. Sie nahm ihren Hut ab, hängte den Mantel auf den Bügel und sagte Dinge wie: »Die Wohnzimmergardinen sind ganz grau, Lotti. Müssten wir die nicht mal wieder waschen?«

»Wirklich? Sind sie grau?«, fragte meine Mutter dann schuldbewusst, und ruckzuck wurden die Dinger heruntergenommen.

Manchmal gab es auch leisen Krach, wenn meine Mutter es nicht mehr aushielt, »das ist meine Wohnung, Mutti! Du kannst dich doch nicht immer einmischen!« rief und meine Großmutter mit Tränen in den Augen davonging: zur Wohnungstür, ins Treppenhaus, zum Lift. Weiter kam sie nie. Spätestens dann holte meine Mutter sie zurück und lud sie zwecks Wiedergutmachung zum Sonntagskaffee ein, auch wenn wir uns etwas ganz anderes vorgenommen hatten – ins Gebirge zu fahren, oder an die Isar.

»Warum lässt du dir so viel von Oma gefallen?«, habe ich einmal nach so einer Szene gefragt. »Die tyrannisiert dich doch!«

»Tyrannisieren?«, fragte meine Mutter.

»Nun tu nicht so«, sagte ich.

»Na schön«, sagte sie. »Oma ist vielleicht ein bisschen herrschsüchtig. Aber sie ist alt. Wer weiß, vielleicht ist sie morgen schon tot. Wenn sie sich unglücklich fühlt, habe ich ein schlechtes Gewissen.«

Das war es. Das schlechte Gewissen. Damit hatte meine Großmutter gearbeitet.

Bei mir hat sie es auch versucht. Aber ich habe es mir nicht gefallen lassen.

»Kind, wie dein Zimmer wieder aussieht!«

»Ich finde es gemütlich, Oma.«

»Das kann kein Mensch gemütlich finden.«

»Ist doch mein Zimmer, Oma.«

»Also, ich möchte hier nicht sitzen.«

»Brauchst du auch nicht. Bleib draußen.«

Dann war sie gekränkt und hat geweint. Sie hat immer gleich geweint.

»Was habe ich dir eigentlich getan? War ich nicht immer gut zu dir?«

Sie begriff es einfach nicht: dass ich mich nicht auffressen lassen wollte wie meine Mutter, die sich sogar an ihrem Tod schuldig fühlt. Weil meine Großmutter seit unserem Entschluss, nach Ellering zu ziehen, nur noch mit verheulten Augen herumgelaufen war. Meine Mutter hatte ihr vorgeschlagen, im Dorf eine Wohnung für sie zu suchen. Aber das wollte sie erst recht nicht. »In meinem Alter zieht man nicht mehr raus auf den Acker!«, hat sie unter Tränen gerufen. »Lieber tot!«

Jetzt ist sie es. Tot. Ein Herzschlag, wahrscheinlich morgens beim Aufstehen. Sie lag quer über dem Bett, als meine Mutter sie fand, dem großen Ehebett. Früher habe ich oft darin geschlafen, neben ihr, und nach dem Aufwachen musste sie mir Geschichten erzählen.

Sie ist tot und wir sind traurig, weil sie zu uns gehört hat und wir zu ihr, trotz des Hickhacks. In den ersten Nächten nach der Beerdigung konnte ich nicht schlafen.

Immer musste ich daran denken, dass sie in der Erde lag, in der kalten Erde, eingeschlossen in einen Sarg. Meine Großmutter mit dem Apfelgesicht. Ich habe ein schlechtes Gewissen und möchte ihr sagen, dass ich alles nicht so gemeint habe. Und dass es mir Leid tut.

Dabei habe ich es so gemeint.

Merkwürdig, wenn jemand plötzlich tot ist. Einfach weg, und die Sachen, die ihm gehört haben, stehen da, als sei nichts geschehen. Einundfünfzig Jahre hat meine Großmutter in dieser Wohnung gelebt. Sie stammte aus Hamburg und auch in München ist sie Hamburgerin geblieben. Sie hat Hamburgisch gesprochen und Hamburgisch gekocht und ihre Wohnung nach Hamburger Rezept geputzt: jeden Tag quer durch und einmal die Woche gründlich.

»Ich komme doch nicht vom Balkan«, sagte sie, wenn wir das übertrieben fanden.

Die Wohnung meiner Großmutter: drei kleine Zimmer, eine Küche, kein Bad. Mein Großvater hat nur wenig verdient und die meisten Möbel stammten noch von seiner Großmutter, die sie geerbt hatte – »von einer Herrschaft«, wie meine Großmutter es ehrfürchtig nannte. Trotzdem hat sie sich immer ein bisschen geniert wegen der alten Sachen. Stolz war sie nur auf das neu gekaufte Küchenbüfett. Erst spät hat sie begriffen, was da bei ihr herumstand: ein komplettes Biedermeierzimmer, alles aus Kirschbaumholz, Kommode, Sekretär, Eckvitrine, ein Tisch mit sechs Stühlen, das passende Sofa. Und der riesige Schrank im Schlafzimmer, mehr als zweihundert Jahre alt, über den sie sich fünfzig Jahre lang geärgert hat, weil er viel zu viel Platz wegnahm.

Mein Vater, der etwas von Möbeln versteht, hat ihr eines Tages erklärt, welche Preise für solche Sachen gezahlt werden.

»Schon für den Schrank kriegst du mindestens fünfzehntausend«, sagte er. »Und für die Wohnzimmermöbel wahrscheinlich ebenso viel. Dreißigtausend, Oma!«

Es war an einem Sonntag, als wir bei ihr Kaffee tranken, aus den Vergissmeinnichttassen mit Goldrand, die sie nur bei festlichen Anlässen hervorholte.

»Mein Gott«, hat meine Großmutter gemurmelt und eine Weile stumm vor sich hingestarrt. »Und ich wäre so gern mal an den Rhein gefahren.«

»Tu's doch«, sagte mein Vater. »Verkauf was und mach eine Weltreise.«

»Weltreise?«, fragte meine Großmutter.

Ich sehe sie noch neben der Kommode stehen und mit der Hand über das Holz fahren. »Weltreise? Unsinn. Die Möbel im Wohnzimmer kriegt Sabine. Und den Schrank Lotti. Morgen mache ich mein Testament.«

Jetzt ist sie tot und ihre Sachen sind noch da. Nur ihre Sachen. Wir haben die Kommode ausgeräumt – alte Briefe, Haarschleifen, ein abgeschnittener Zopf, ein Spitzenkragen, die ersten Schuhe ihrer Kinder, Fotografien. Das Leben meiner Großmutter, das, was davon übrig geblieben ist.

Sie ist tot und ich bin Besitzerin eines Biedermeierzimmers. Das Sofa hat mein Großvater mit rotem Plüsch bezogen. Wenn ich einmal Geld habe, kommt ein gestreifter Bezug darauf. Auch auf die Stühle. Und eines Tages werde ich ebenfalls tot sein und die Sachen gehören dann irgendwem, der noch lebt.

Ich habe oft darüber nachgedacht, auch früher: der Tod. Dass wir sterben müssen. Dass kein Tag wiederkommt. Dass einmal alles vorbei ist. Aber niemand wollte etwas davon hören.

Mit Sebastian konnte ich endlich darüber sprechen.

»Der Tod?«, sagte er. »Natürlich läuft der immer mit. Aber ich finde das nicht schlimm. Eigentlich ist doch alles bloß schön, weil es einmal zu Ende geht. Irgendeine Musik – stell dir vor, die würde ewig weiterspielen. Nicht zum Aushalten!«

Ich weiß noch, das war im Sommer, in den großen Ferien. Wir waren am Starnberger See zum Baden, ganz allein in einem Bootshaus. Es gehörte den Eltern von Hannes, er hatte uns den Schlüssel gegeben.

Wir lagen auf dem Steg. Die Sonne schien, der Himmel war blau und föhnig, am Horizont standen die Berge. Das Wasser bewegte sich in einem zitternden Streifenmuster.

»Und eines Tages«, sagte ich, »sehen wir das hier nicht mehr. Der See ist da, die Berge, nur wir nicht.«

»Aber man braucht sich auch nicht mehr zu quälen«, sagte er. »Keine Angst mehr zu haben.«

»Quälst du dich so?«, fragte ich.

»Alle quälen sich«, sagte er. »Sieh sie dir doch an, diese kaputten Typen. Warum flippen die denn aus?«

»Du doch nicht«, sagte ich.

»Ich habe ja auch meine Geige«, sagte er.

»Und mich hoffentlich«, sagte ich.

»Dich auch.«

Dich auch … Ein bisschen wenig, fand ich. Umgekehrt wäre es mir lieber gewesen.

»Ich habe gedacht, ich wäre wichtig für dich«, sagte ich.

Er hatte so einen komischen Blick, wenn ich etwas sagte, das ihm nicht gefiel: die Augen leicht zusammengekniffen, die Brauen hochgezogen. Mit diesem Blick sah er mich an.

»Natürlich bist du wichtig für mich«, sagte er. »Ohne dich könnte ich es mir gar nicht mehr vorstellen.«

»Wirklich?«, fragte ich.

»Das weißt du doch«, sagte er. »Aber wenn ich meine Geige nicht hätte …«

»Ach so«, sagte ich.

Immer noch dieser Blick.

»Sieh mich nicht so an«, sagte ich.

»Würdest du, wenn du mich nicht mehr hättest, vom Fernsehturm springen?«, fragte er.

Ich schüttelte den Kopf.

»Na bitte!«, sagte er. »Aber ohne meine Geige würde ich es wahrscheinlich tun. Das musst du verstehen, wenn wir zusammenbleiben wollen.«

Sebastian lag dicht neben mir. Ich spürte seine warme Haut an meiner.

»Vielleicht«, sagte er, »hat es etwas mit dem Tod zu tun. Damit, dass einmal alles vorbei ist.

Etwas dagegensetzen, einen Sinn hineinbringen – vielleicht ist es das.«

Er rückte noch näher und legte den Arm um mich.

»Ob es das gibt?«, fragte ich. »Ein Leben nach dem Tod?«

»Vielleicht«, sagte er. »Vielleicht ist das so wie mit der Musik. Wenn ich Geige spiele, Bach, oder Mozart – und wenn ich schließlich den Bogen weglege ... die Musik ist weiter da, die bleibt, die vergeht nicht. Man kann sie wieder hervorholen. Ich. Oder ein anderer. Die Melodie ist sozusagen ewig.«

»Bis zum großen Atomknall«, sagte ich.

»Verstehst du nicht, was ich meine?«, fragte er.

»Doch«, sagte ich.

An diesem Abend habe ich mit Sebastian geschlafen, zum ersten Mal. Wir sind bis Mitternacht in dem Bootshaus geblieben. Der Wind war stärker geworden. Sein Atem und mein Atem und der Wind. Ich höre es immer noch.

Nach dem Tod meiner Großmutter hätte ich so gern noch einmal mit Sebastian gesprochen. Wir begegnen uns hin und wieder – vor der Schule, in der Pausenhalle, auf der Straße. »Grüß dich«, sagt er, mehr nicht. Aber das liegt an mir. Wenn ich wollte, könnte es anders sein.

Gleich am Montag, dem Montag nach unserem Krach, hat er in der großen Pause unten an der Treppe auf mich gewartet, so wie immer.

»Summsummsumm«, machte er, als ich kam. Ich tat, als ob ich es nicht hörte, und wollte weitergehen.

»Sei nicht albern, Sabine«, sagte er und hielt mich fest. Ich versuchte ihn abzuschütteln. Zwei aus meiner Klasse standen in der Nähe, da ließ ich es sein. Es würde noch früh genug die Runde machen, dass es vorbei war mit Sebastian und mir.

»Ich habe dauernd versucht dich anzurufen«, sagte Sebastian. »Am Samstag schon.«

»Ich war nicht da«, sagte ich.

»Und Sonntag.«

»Da waren wir auch weg. In unserem neuen Haus.«

»Wie?«, fragte er.

»Wir kaufen ein Haus«, sagte ich. »Und ziehen weg aus München.«

»Das kannst du doch nicht!«, rief er.

»Wieso?«, fragte ich. »Dich geht das doch nichts mehr an!«

Dann sah ich, wie erschrocken er aussah, und kam mir gemein vor. Gemein und kleinkariert.

»Warum sagst du das?«, fragte er.

Ich antwortete nicht. Ich starrte auf den Fußboden. Große rote Klinkersteine mit grauen Fugen, als kleine Mädchen hatten wir hier Himmel und Hölle gespielt. Ich starrte die Klinker an und spürte Sebastians Hände auf den Schultern – und wusste, ein Wort, nur ein Wort von mir, und alles wäre gut gewesen.

So gut wie vorher. Also nicht gut.

Ich machte mich los. Es war mir egal, ob die anderen zusahen oder nicht.

»Sei doch nicht so«, sagte Sebastian. »Ich habe darüber nachgedacht – vielleicht hattest du Recht. Ich sehe das ja ein, ich weiß doch, ich . . .« Er verhedderte sich, schwieg, holte Luft.

»Ich will versuchen, dass es anders wird«, sagte er.

Ich wusste, was das für ihn bedeutete. Ein Zugeständnis. Sebastian und ein Zugeständnis.

»Wenn wir es beide versuchen«, sagte er. »Ich brauche dich doch.«

Er griff nach meiner Hand und vielleicht, wenn wir allein gewesen wären und er mich in den Arm genommen hätte – vielleicht wäre dann alles anders gekommen. Vielleicht hätte ich sie dann weggeschoben, diese Sperre, dieses Gefühl, du darfst nicht, es geht nicht, es hat keinen Zweck, nichts wird sich ändern, kann sich nicht ändern, weil es ist, wie es ist.

Aber wir waren nicht allein. Rundherum stand die halbe Schule und sah zu. Sebastian konnte nur meine Hand nehmen und das reichte nicht.

»Sag was«, drängte er und ich sagte, dass es keinen Sinn hätte. Dass wir uns nicht ändern könnten von heute auf morgen. Dass wir uns genauso auf die Nerven fallen würden wie vorher. Und dass ich nicht bloß gebraucht werden wollte. Und erst einmal zu mir selbst kommen müsste. Und was man alles sagt, wenn man eigentlich etwas ganz anderes sagen will und weiß, dass es nicht geht. Und als ich es gesagt hatte, riss ich meine Hand aus seiner und lief weg. Diesmal wünschte ich mir nicht, dass Sebastian hinterherkäme. Es war schrecklich, endgültig wegzulaufen, ich dachte, das schaffst du nicht, das hältst du nicht aus, kehr wieder um. Und trotzdem wollte ich nicht, dass er mich zurückholte. Merkwürdig, ich weiß. Aber so war es.

»Sei froh, dass du ihn los bist«, sagt Monika. »Der hat doch nur auf dir rumgetrampelt.«

Was weiß Monika schon. Mit Monika kann ich schon lange nicht mehr viel anfangen. Sie wohnt im Nachbarhaus und wir kennen uns ewig. Kindergarten, Grundschule, Gymnasium – immer Monika und ich. Im Grunde ist es nur noch Gewohnheit – so ähnlich wie mit meinem alten Teddybären, der oben im Bücherregal sitzt, als ein Stück von früher und weil er immer dort gesessen hat. In mein neues Zimmer will ich ihn nicht mitnehmen. Obwohl es mir Leid tut. Um den Teddy. Und um Monika.

Auch das gehört zu diesen Wochen zwischen Hausbesichtigung und Umzug: dass ich anfange auszusortieren, immer wieder etwas wegwerfe, das ich sonst behalten hätte. Eine richtige Wegwerfwut, ich weiß selbst nicht, warum. Als ob ich alles kaputtmachen möchte, was bis jetzt zu mir gehört hat.

Die Klasse zum Beispiel. Ich bin ganz gern in

dieser Klasse gewesen. Fünf Jahre – und lauter bekannte Größen. Nicht, dass ich sie alle mochte. Aber in irgendeiner Weise haben wir zusammengehört und eigentlich konnte mir nichts passieren. Jetzt gehören sie weiter zusammen und ich nicht mehr dazu und am liebsten möchte ich sie nicht mehr sehen. Ich fange an sie zu hassen, bloß weil ich weg soll, antworte kaum, wenn man mich fragt, bin gleich beleidigt...

Ich will keinen Abschied nehmen. Ich will, dass die Zeit vergeht.

3

Der 28. März. Heute sind wir umgezogen. Ein Umzug ohne Regen. Vorher hat es gegossen, fast eine ganze Woche, und Berti war drauf und dran wieder Hoffnung zu schöpfen. »Wenn das nicht aufhört«, hat er gesagt, »bleiben wir vielleicht hier.« Ich glaube, er hat sogar gebetet, um eine Sintflut oder dergleichen. Aber es hat nichts genützt. Als morgens um sieben die Möbelpacker anrückten, schien die Sonne und mein Vater sagte: »Da seht ihr's! Wenn Engel verreisen!«

Ich hätte mich am liebsten in die Haustür verkrallt. Bis zum letzten Augenblick dachte ich, Sebastian müsste um die Ecke biegen, vor mir stehen. Aber er kam nicht und jetzt sind wir in Ellering und wohnen in unserem neuen Haus.

Das heißt, von Wohnen kann noch keine Rede sein. Wir sind da, das ist alles. Ich stehe in meinem Zimmer – zwischen den vier Wänden, die mein Zimmer werden sollen – und blicke auf die Wiesen und den Wald.

So viel Landschaft. Nichts als Landschaft. Gestern noch der Fernsehturm, die Dächer der Stadt, der Supermarkt. Und jetzt? Ich habe ein Gefühl, als hätte man mich auf den Mond geschossen.

Draußen höre ich Motorengeräusche. Der Möbelwagen fährt ab.

»Kaum zu glauben!«, hat mein Vater heute Morgen gesagt. »Ein Möbelwagen mit Anhänger! Weißt du noch, Lotti, wie wir in die Schleißheimer Straße gezogen sind? Mit Pauls Kombi! Eigentlich doch ganz schön, was wir geschafft haben, nicht? Na ja, ohne Fleiß kein Preis.«

Meine Mutter hat genickt und etwas Unverständliches gemurmelt. Wahrscheinlich ist sie zu kaputt um seine Sprüche auch noch beifällig aufzunehmen. So grau und eingefallen wie jetzt habe ich sie noch nie gesehen. In den letzten Nächten hat sie kaum geschlafen, nur herumgewühlt und gepackt. Und gegrübelt, wahrscheinlich.

Ich denke an vorgestern: Ich komme in die Küche und sehe meine Mutter am Fenster stehen. Auf dem Fußboden liegen Kartons und dicke Bündel Zeitungspapier. Eigentlich will sie Geschirr einpacken, unser Geschirr und das geerbte von meiner Großmutter. Aber statt zu arbeiten steht sie am Fenster und starrt auf den Hof hinunter. Ein paar Kinder spielen dort, schaukeln, turnen an dem alten Kletterbaum. So wie ich früher. Dann Berti und ich. Dann nur noch Berti.

Ich mache die Tür zu. Sie dreht sich um. Ich sehe, dass sie geweint hat.

»Weißt du noch«, sagt sie mühsam, »wie ich euch immer die Butterbrote an einem Bindfaden nach unten gelassen habe?«

Sie dreht den Kopf weg, blickt wieder aus dem Fenster.

»Warum ziehen wir hier weg, Mama?«, frage ich. »Warum hast du nichts dagegen getan?«

Eine Weile ist sie still. Dann kommt, was kommen muss: »Papa will es doch so gern.«

»Papa! Papa!«, sage ich. »Und deswegen vermiest du dir dein Leben!«

Sie greift nach einem Bogen Zeitungspapier und fängt an Gläser einzuwickeln.

»Jetzt übertreibst du«, sagt sie. »Das ganze Leben! Wer weiß, wie das wird. Vielleicht gefällt es uns in Ellering. Vielleicht besser als hier.«

Sie legt die Gläser in einen der Kartons.

»Steh nicht so herum. Hilf mir lieber«, sagt sie und schiebt mir einen Packen Zeitungen hin.

»Man muss abwarten, Bine. Ist doch auch ganz schön, ein Haus zu haben. Ein Eigentum.«

»Das ist vielleicht spießig!«, sage ich. »Eigentum!«

»Spießig?« Sie zuckt mit den Schultern. »Wirklich? Etwas haben, das einem gehört? Woraus einen keiner verjagen kann?«

»Es gehört uns ja gar nicht«, sage ich. »Die Schulden gehören uns.«

»Nun meckere nicht immer herum«, sagt sie, wie üblich, wenn sie nicht weiterweiß.

Das war vorgestern. Wir haben Geschirr eingepackt, den ganzen Nachmittag, einen Karton nach dem anderen. Jetzt steht es in dem neuen Haus – dieses viele Geschirr, viel mehr, als wir jemals gebrauchen werden.

Hoffentlich schleppe ich später nicht auch so viel Kram mit mir herum. Sebastian hat gesagt . . . Schon wieder Sebastian!

»Die Leute spinnen«, hat er gesagt. »Die häufen immer mehr Zeug um sich an, mehr und mehr, bis sie nicht darüber weggucken können.«

Bei ihm ist es so kahl wie in einer Mönchszelle. Bett, Schreibtisch, Regal, und zum Sitzen eine uralte grauweiß gestreifte Matratze. Keine Decke, kein Teppich, kein Bild.

»Das lenkt nur ab«, sagt er.

Damals, als ich zum ersten Mal in seinem Zimmer war und er Geige spielte, gefiel mir das, nur Sebastian und die Musik. Aber nach einer Weile fing ich innerlich an zu frieren. Wir saßen auf der Matratze und tranken Tee, und am liebsten wäre ich losgegangen um eine bunte Decke und ein paar Poster zu kaufen. Vielleicht auch noch zwei Korbsessel.

Seine Mutter hätte es mit Freuden finanziert.

»Kannst du ihn nicht ein bisschen umkrempeln, Sabine?«, hat sie mich später so oft gefragt. »Diese schreckliche Höhle! Und wie er herumläuft. Wenigstens ein paar neue Jeans könnte er sich doch kaufen. Und vernünftige Hemden! Immer diese alten T-Shirts, das kann man ja nicht mehr mit ansehen.«

Sebastians Vater ist Betriebsleiter, seine Mutter Lehrerin. Sie haben nur ihn und möchten ihm dauernd etwas Gutes tun. Aber er winkt fast immer ab. Keine Lederjacke, kein Kaschmirpullover, auch keine Ente.

»Ich will mich nicht abhängig machen«, hat er gesagt. »Nicht von ihnen und nicht von dem ganzen Kram.«

Inzwischen weiß ich, dass auch Sebastian seine weichen Stellen hat. Die teure Geige zum Beispiel. Neuntausend Mark!

»Eine Geige kannst du nicht mit einer Ente vergleichen«, hat er gesagt. Sicher, das stimmt. Aber neuntausend Mark müssen auch erst da sein. Und was mich betrifft: Mein Zimmer, das erste Zimmer ganz für mich, das werde ich mir so hübsch wie möglich einrichten. Auch eine Ente hätte ich gern. Ich kriege nur keine. Jedenfalls nicht geschenkt.

Trotzdem, verändert hat mich Sebastian. Ich habe angefangen mir Fragen zu stellen: Brauchst

du das wirklich? Hat es einen Wert für dich?
Und welchen?

Es ist wie ein Sieb, das ich schüttele, und eine
Menge fällt durch.

Oder bilde ich mir das nur ein? Die Biedermeiermöbel meiner Großmutter – wenn ich an
die Sache mit den Biedermeiermöbeln denke –
da ist nichts durch das Sieb gefallen.

Wegen der Biedermeiermöbel meiner Großmutter hat es bei uns einen Riesenkrach gegeben. Meine Großmutter hatte sie mir vermacht.
»Die Möbel im Wohnzimmer, Tisch, Stühle,
Sofa, Kommode, Sekretär, Eckschrank mit
Glasscheiben, soll meine Enkelin Sabine Haller
bekommen«, stand in ihrem Testament. »Alle
anderen Sachen fallen an meine Tochter Char-
lotte Haller, geb. Neumaier.«

»Also«, sagte mein Vater ein paar Tage nach
der Beerdigung. »Es ist traurig, dass Oma gestorben ist, ihr wisst, wie Leid es mir tut – aber
die Möbel, die sind ein Geschenk des Himmels.«

Er war inzwischen mehrmals bei der Bank
gewesen, wegen der Finanzierung für das Haus.
Ganz so rosig, wie er am Anfang geglaubt hatte,
schien die Lage nicht zu sein. Er schimpfte über
»diese Halsabschneider, die einem das letzte
Hemd ausziehen«, und Abend für Abend saß er
im Wohnzimmer und rechnete. Offenbar wurden die Summen davon nicht kleiner. Jedenfalls
fing er an Sparprogramme zu entwickeln.

»Urlaub zum Beispiel«, sagte er. »Urlaub

brauchen wir nicht mehr. Wir wohnen ja im Grünen. Überhaupt, das Geld ist bei uns nur so zum Fenster hinausgeflogen. Dauernd was zum Anziehen, Ski, Skateboards . . .«

»Ich brauche neue Skistiefel!«, hatte Berti dazwischengerufen. »Meine sind zu klein.«

»Damit ist jetzt erst mal Schluss«, sagte mein Vater. »Eine Weile müssen wir etwas kürzer treten.«

Und dann erklärte er, dass er Großmutters Möbel verkaufen wolle.

»Nein, Heinz!«, protestierte meine Mutter. »Damit bin ich doch aufgewachsen. Und der große Schrank wäre so schön im Wohnzimmer.«

»Kannst du dir einen Schrank für fünfzehntausend leisten?«, fragte mein Vater.

Meine Mutter antwortete nicht.

»Es waren schon ein paar Leute da und haben sich die Sachen angesehen«, sagte mein Vater. »Fünfzehntausend für den Schrank, vielleicht sogar mehr. Und für das Wohnzimmer mindestens ebenso viel. Echtes Biedermeier!«

»Was für Leute?«, fragte meine Mutter.

»Interessenten natürlich«, sagte er. »Ich habe annonciert. Heute Abend treffen wir uns noch mal. Vielleicht wird es perfekt.« Er sah zufrieden von einem zum andern. »Damit wäre unser Problem gelöst.«

Und dann ging es los.

»Die Biedermeiermöbel gehören mir!«, sagte ich.

Mein Vater musterte mich erstaunt. »Mir? Gehören mir? So was gibt es nicht in unserer Familie.«

»Doch«, sagte ich. »Ich habe sie geerbt und ich will sie behalten.«

»Sabine!« Die Stimme meines Vaters wurde ganz leise, wie immer, wenn er am liebsten losbrüllen möchte. »Uns gehört alles gemeinsam. Das Geld, das wir für die Möbel bekommen, brauchen wir für das Haus. Und das Haus ist auch deins.«

»Ich will das Haus nicht«, sagte ich. »Du willst es.«

»Du erbst es mal.«

»Ich auch«, krähte Berti. »Nicht bloß die Bine.«

»Du auch«, sagte mein Vater. »Ihr beide.«

Langsam wurde ich wütend. Dieses Haus. Ich wollte es nicht erben. Meine Eltern sollten am Leben bleiben und ihr Haus behalten und ich wollte meine Biedermeiermöbel behalten.

Das alles sagte ich meinem Vater. Und ich sagte: »Die Möbel, auf denen hat Opas Großmutter schon gesessen. Und wenn ich mal Kinder habe, dann werden die darauf sitzen. Das ist doch was. Das gebe ich nicht her.« Dann fiel mir ein Spruch ein. »Was du ererbt von deinen Vätern hast, erwirb es um es zu besitzen«, sagte ich und kriegte gleichzeitig eine Art Lachanfall, wie manchmal, wenn ich so aufgeregt bin. Ich stand da und lachte und mein Vater bezog es auf sich, bekam seinerseits einen Koller und fing jetzt tatsächlich an zu schreien: »Wir werden ja sehen, wer hier das Sagen hat. Du bist noch nicht achtzehn!«

Plötzlich wurde ich ganz ruhig.

»Ach!«, sagte ich. »Du willst mir meine Möbel wegnehmen?«

»Sabine!«, rief meine Mutter. »So darfst du nicht mit Papa reden!«

»Aber er!«, sagte ich. »Er darf. Er darf alles. Er darf mich aus der Stadt wegschleppen. Er darf mir meine Sachen wegnehmen. Ohne mich zu fragen. Bloß, weil er da draußen in der Erde wühlen will!«

»Sabine!«, rief meine Mutter wieder.

»Er darf alles«, sagte ich. »Mich halb totschlagen wahrscheinlich.«

»Ich habe dich noch nie halb totgeschlagen!«, schrie mein Vater.

»Aber du darfst es«, sagte ich. »Weil du mein Vater bist.«

»Ich habe dich überhaupt nie geschlagen«, schrie er. »Leider, Prügel zur rechten Zeit . . .«

»Hat noch nie gereut«, sagte ich. »Hör doch auf mit deinen Sprüchen.«

»Ich mache so viele Sprüche, wie ich will«, schrie er. »Ich lasse mir von meiner Tochter nichts verbieten.«

So ging es weiter. Berti saß mit offenem Mund daneben, meine Mutter zerrte mal an dem einen, mal an dem anderen. Wer weiß, wohin es noch gekommen wäre, wenn mein Vater nicht die Verabredung gehabt hätte – mit dem Mann, der die Möbel kaufen wollte.

»Das hättest du nicht tun dürfen, Sabine«, sagte meine Mutter, als er weg war.

»Klar«, sagte ich. »Wenn es nach dir ginge, müsste man immer nur kuschen.«

Sie machte einen Schritt auf mich zu und hob die Hand, ließ sie aber gleich wieder fallen. »Wenn du so weitermachst, brauchen wir nicht mehr miteinander zu reden.«

Mir war ganz schlecht. So einen Krach hatte es bei uns noch nie gegeben. Ärger schon, vor allem in letzter Zeit, als ich nicht mehr die richtige Demutshaltung einnehmen wollte, fortging ohne zu fragen, zu spät nach Hause kam, mich nicht nach meinen Eltern richtete, sondern nach mir und Sebastian. Aber ein Tumult wie dieser – nein.

»Warum habe ich eigentlich nichts geerbt?«, fragte Berti in die Stille hinein.

»Keine Ahnung. Da müsstest du Oma fragen«, sagte meine Mutter und ging aus dem Zimmer.

Gegen zehn kam mein Vater zurück. Der Schrank war weg, für achtzehntausend. Die Biedermeiermöbel hatte er nicht verkauft. Er teilte es mir mit, ruhig und korrekt, wie einer Fremden. Ich dachte, mit uns sei es aus. Aber am nächsten Abend war er wie immer, keine Spur beleidigt, eher besonders freundlich. Da bin ich zu ihm hingegangen und habe gesagt, wie gut ich das fände.

»Ist in Ordnung, Bine«, hat er gesagt und mir den Rücken getätschelt. »Vielleicht hast du

Recht. Ererbt von deinen Vätern und so. Wir werden es schon schaffen mit dem Geld.«

Es war das erste Mal, dass er ein Unrecht eingesehen hat. Ich bin froh darüber, nicht nur wegen der Möbel.

Diese Möbel. Ich möchte wissen, was Sebastian dazu sagen würde: So ein Aufstand, nur um sie zu behalten. Ob bei mir noch alles in Ordnung ist?

Zuerst wollte ich sie nicht einmal im Wohnzimmer lassen. Aber meine Mutter hat Recht, in meinem Zimmer nehmen sie zu viel Platz weg. Schließlich kann ich nicht auf einem Biedermeiersofa schlafen und was soll ich mit der Eckvitrine? Nur den Sekretär habe ich genommen und alles andere für die Allgemeinheit freigegeben. Die Sachen stehen jetzt in der Essecke vor dem großen Fenster und ich mache mir Sorgen, dass Berti meinen Erbstücken etwas antun könnte.

Gut, dass Sebastian nichts davon weiß. Trotzdem, ich werde mich jeden Tag über die Möbel freuen. Nicht nur, weil sie mir gehören, sondern weil sie so schön sind.

Von der Diele unten höre ich die Stimme meiner Mutter: »Sabine! Wo bist du?«

Ich gehe die Treppe hinunter, vorsichtig, um nicht auf die Balkonpflanzen zu treten, die die Möbelpacker ausgerechnet hier aufgebaut haben.

Im Wohnzimmer herrscht Chaos. Mitten darin, auf einer Kiste, sitzt Berti. Er baumelt mit den Beinen und bohrt in der Nase, und um ihn herum aufgerollte Teppiche, Schrankteile, Sofapolster, Bilderrahmen, Regalbretter, Lampen, Schubladen, Tischplatten. Als ob man unsere ganze Existenz auseinander genommen hätte. Wie sich dieses Durcheinander wieder in eine Wohnung verwandeln soll – ich kann mir das nicht vorstellen.

»Hilf mir, Bine«, sagt meine Mutter. »Zuerst die Vorhänge, dann sieht es gleich besser aus, meinst du nicht auch, Heinz?«

Mein Vater ist dabei, die Schrankwand zusammenzubauen.

»Klar«, sagt er. »Nur rein ins Vergnügen. Je eher daran, je eher davon. Komm her, Berti, greif mal mit zu.«

Immer diese Sprüche. Aber vielleicht braucht er sie um sich Mut zu machen. Die Möbelpacker hat er weggeschickt, damit der Umzug nicht zu teuer wird. Er hat eine Woche Urlaub genommen und will alles allein schaffen. Nur am Wochenende kommt ein Kollege um uns zu helfen und Ostern soll »das Werk vollendet sein«. Wie, weiß er wahrscheinlich selbst nicht. Eine Woche nach Ostern fängt auch die Schule an. Die neue Schule. Noch vierzehn Tage Schonzeit.

Als wir mit den Vorhängen fertig sind, sehe ich, wie Berti wieder auf seiner Kiste sitzt – der einzige feste Punkt vermutlich, den er bis jetzt finden konnte. Er sieht verloren aus, wie ein ganz kleiner Junge.

»Komm, Berti«, sage ich. »Wir räumen dein Zeug ein. Und machen dein Bett.«

Er trottet hinter mir her in sein Zimmer. Er hat nun doch das größere bekommen. Ich habe es ihm überlassen, weil es neben dem Bad liegt. In meinem, am Ende des Flurs, höre ich wenigstens nicht, wenn die Klospülung rauscht.

Berti stellt sich mitten ins Zimmer. Er lässt die Arme hängen und sieht zu, wie ich einen der Kartons öffne.

»Dein Bastelkram!«, sage ich. »Die Modellschiffe. Und die Elektronik.«

Er rührt sich nicht.

»Pack das in den Schrank«, sage ich. »Wenn dein Zimmer in Ordnung ist, geht es dir besser.«

»Ich will wieder nach Hause«, sagt er.

»Oder fahr ein bisschen mit dem Rad«, sage ich. »Zum Fußballplatz.«

»Scheißfußball«, sagt er und wirft sich lang auf den Teppichboden.

»Berti«, versuche ich ihn zu trösten. »Es wird dir hier schon gefallen. Wenn du erst ein paar Kinder kennst ... vielleicht vom Bauernhof ... du magst doch Kühe ... und Trecker ... und ...«

Ich höre auf, weil ich wie mein Vater töne.

»Hau bloß ab«, sagt Berti. »Du bist genauso blöd wie die andern Weiber.«

Er legt den Kopf auf die Arme. Es hat keinen Zweck. Ich lasse ihn allein und gehe in mein Zimmer. »Je eher daran, je eher davon«, hat mein Vater gesagt. Na also.

Ein paar Stunden wühle ich wie ein Maulwurf. Jetzt bin ich fast fertig. Vorhänge am Fenster, Wäsche und Kleider eingeräumt, das Bett gemacht. Nur das Bücherregal muss mein Vater noch aufbauen, dann habe ich ein Zimmer, wie ich es mir immer gewünscht habe, sogar mit einem Einbauschrank. Er ist blau gestrichen, genau wie die Zimmertür. Meine Mutter hat mir Vorhänge in der gleichen Farbe genäht, das passt gut zu dem gelben Teppichboden. Auch mein Bett hat einen blauen Überwurf bekommen.

Den Schreibtisch habe ich ans Fenster gerückt, wie in der Schleißheimer Straße. Mein Schreibtisch mit der Holzschale für Krimskrams. Mit dem blanken Becher für Kugelschreiber und Bleistifte. Mit dem geschnitzten Elefanten.

Der Teppichboden gefällt mir jetzt. Zuerst wäre mir ein heller lieber gewesen. Aber mit den blauen Vorhängen – doch, das ist gut. Ein schönes Zimmer. Nur schade, dass es in Ellering liegt.

Den Elefanten hat mir Sebastian geschenkt, damals am Strand von Ravenna. Ein kleiner brauner Elefant aus poliertem Holz. Ich gehe zum Schreibtisch und blicke zum Fenster hinaus. Es regnet schon wieder. Die Wiese glänzt vor Nässe. Wenn die Sonne scheint, sieht der Teppichboden sicher noch hübscher aus. Irgendwann muss sie ja scheinen.

Warum habe ich den Elefanten wieder auf

den Schreibtisch gestellt? Ich will ihn nicht mehr haben. Sebastian hat ihn gekauft, von dem riesigen Afrikaner im bunten Kaftan. Ich sehe den Elefanten noch in der ausgestreckten Hand liegen. Das dunkle Holz, die dunkle Haut. Die Sonne scheint grell, es ist fast Mittag, der Sand glüht und das Meer glänzt wie ein großes, glattes Tuch.

»Willst du ihn?«, fragt Sebastian.

Er nimmt ihn aus der Hand des Afrikaners und gibt ihn mir.

»Ein Elefant so glatt und fein«, sagt er. »Wenn du ihn siehst, gedenke mein.«

Wir lachen. Der Afrikaner lacht auch, obwohl er kein Wort verstanden hat. Sebastian legt den Arm um meine Schulter, wir gehen zum Essen.

Das war im vorigen September, kurz vor Ferienende. Im August war ich mit meinen Eltern und Berti nach Spanien geflogen, vierzehn Tage Neckermann. Ich lungerte an der Costa Brava herum und dachte an Sebastian, der in München saß und übte. Als ich wieder zu Hause war, bot er mir an, mit ihm und seiner Mutter an die Adria zu fahren, in einen Bungalow an der Küste bei Ravenna. Seine Eltern hatten ihn gemietet um dort zu zweit Urlaub zu machen, als Erinnerung an ihre Hochzeitsreise vor fünfundzwanzig Jahren. Doch seinem Vater war etwas dazwischengekommen.

»Und allein«, sagte Sebastian, »fürchtet meine Mutter sich in dem Bungalow. Komm mit. Platz ist genug. Du bekommst sogar dein eigenes Zimmer.«

Er lachte. »Damit deine Eltern sich nicht aufregen.«

Meine Eltern waren zuerst dagegen. »Das fehlt noch«, sagte mein Vater. »Mit Freund und Schwiegermutter.«

Aber Sebastians Mutter rief bei meiner Mutter an und brachte sie auf unsere Seite.

»Die Frau ist doch Lehrerin«, sagte sie. »Oberstudienrätin! Da ist Sabine in guten Händen.«

Wir saßen beim Abendessen und ich lief schnell aufs Klo, weil sie nicht sehen sollten, wie ich rot wurde.

In guten Händen! Sebastians Mutter wusste genau, was zwischen ihm und mir lief. Er wurde bald zwanzig und sie dachte nicht daran, uns zu stören. Höchstens, dass sie vor seinem Zimmer »In der Küche steht Torte!« rief.

Ob meine Eltern wirklich keine Ahnung hatten? Sicher, es gab Krach, wenn ich zu spät nach Hause kam. Aber nur, weil es so spät war. Und ich womöglich »irgendwo reinrutschen« könnte. »Man rutscht so leicht irgendwo rein«, sagte meine Mutter, wenn sie mich warnen wollte, vor allem Möglichen, das ihr nicht geheuer war – Männer, Drogen, Politszene und andere Arten von gefährlichem Lebenswandel.

Dass ich mit Sebastian schon »reingerutscht« war, das konnte sie sich wahrscheinlich nicht vorstellen. »Bine ist doch noch ein Kind«, habe ich sie erst vor kurzem sagen hören. Wahrscheinlich wäre sie aus allen Wolken gefallen, wenn sie die Wahrheit erfahren hätte. Und mein Vater erst, der mein Leben immer noch mit Verboten regeln will! »Um neun bist du zu Hause.« »Heute gehst du nicht mehr weg.« »Am Sonntag darfst du dich nicht verabreden, da haben wir etwas vor.« Es ist direkt komisch: Er erlässt ein Verbot, ich übertrete es, er donnert seine Strafrede und verbietet sofort wieder etwas, obwohl er sicher sein kann, dass ich nicht gehorche. Ein Familienspiel geradezu. Ich weiß nur nicht genau, wie weit er es durchschaut.

Manchmal glaube ich, meine Eltern wollen es nicht durchschauen. Mein Vater, weil er zu altmodisch ist um den Tatsachen ins Auge zu sehen, und meine Mutter aus Solidarität.

Eigentlich schade. Mit meiner Mutter hätte ich gern über manches geredet. Über die Pille zum Beispiel. Ich brauchte sie, nicht bloß die Pille, auch ein paar Ratschläge; aber meine Mutter zu fragen, das wagte ich nicht.

Einmal kamen meine Tage nicht rechtzeitig, da sind wir fast verrückt geworden. Ein Kind. Was sollten wir mit einem Kind! Wir wussten nicht, was wir tun sollten, und als sich alles wieder einpendelte, heulten wir zusammen vor Erleichterung.

Danach hat mir Sebastian die Pille besorgt, über die Freundin von einem, den er kannte. Am Anfang wurde mir schlecht davon, jeden Morgen zwischen fünf und sechs, und niemand durfte es merken. Nicht einmal einen Arzt mochte ich fragen. Ich war erst sechzehn und traute mich allein nicht hin.

Wirklich, meine Mutter hätte mit mir sprechen sollen statt sich hinter Ahnungslosigkeit zu verstecken. Aber immerhin, ich durfte mitfahren an die Adria, nach Marina di Ravenna.

Marina di Ravenna ...

Wir fahren über die Autobahn, den Brenner hinunter und in die Poebene. Es ist schwül und drückend. Meine Bluse klebt an der Haut. Sebastian sitzt am Steuer. Manchmal streckt er die Hand nach mir aus, streichelt mich, stupst gegen meine Nase. Alle Fenster sind geöffnet, seine Haare fliegen im Fahrtwind.

»Mein Gott, wie das zieht«, sagt seine Mutter. »Nass geschwitzt und dann dieser Zug.«

»Kommen Sie doch nach vorn«, sage ich. »Hier ist es nicht so schlimm.«

»Nein, nein«, sagt sie. »Sebastian sitzt viel lieber neben dir.«

»Stimmt«, sagt Sebastian und lacht. »Mütter müssen leiden.«

»Na hör mal«, sage ich. Seine Mutter lacht und da lache ich auch.

Bei Bologna bogen wir von der Autobahn ab. Sebastians Mutter wollte die Küstenstraße entlangfahren, so wie damals vor fünfundzwanzig Jahren. »A sentimental journey«, nannte sie es, blickte auf die Bauernhäuser, die Keramikwerkstätten, die Pinienwälder und rief immer wieder:

»Genau wie damals! Als ob die Zeit stillgestanden wäre.«

Aber als wir von Ravenna zum Meer hinunterfuhren, war nichts mehr da von stillgestandener Zeit. Keine Pinien, keine Felder, sondern Industrie: Schornsteine, Rohrleitungen, Kessel, riesige Anlagen, eine neben der anderen. Man hatte unter dem Meeresboden Öl gefunden und das, woran wir vorbeifuhren, waren Raffinerien, Chemiewerke und Düngemittelfabriken.

»Bayer Leverkusen in Italien«, sagte Sebastian. »Und da machen wir Ferien.«

Der Bungalow stand dicht am Meer. Morgens konnten wir aus dem Bett ins Wasser laufen. Manchmal. Manchmal ließen wir es auch sein, weil es so dreckig aussah. Wir kamen nie ganz dahinter, woran es lag – ob an der Windrichtung oder an dem Zeug, das sie gerade ins Meer pumpten. Vielleicht war es auch nur aufgewirbelter Sand, Lehm von den Flussmündungen. Aber wir ekelten uns, weil wir an die Raffinerien dachten. An den Industriehafen nicht weit vom Badestrand mit seinem schwarzen, schmierigen Wasser. Mitunter hing ein fauliger Gestank in der Luft; nachts wurde ich davon wach und mochte nicht mehr atmen.

»Ich glaube, die fackeln in aller Stille Erdgas ab«, sagte Sebastian. »Und die Düngemittelfabrik muss ihren Dreck ja auch loswerden.«

Er schlief jede Nacht in meinem Zimmer. Seine Mutter tat, als ob sie es nicht merkte.

Wenn du ihn siehst, gedenke mein . . .

Sebastian und ich. Wir sitzen am Meer, reden, schweigen. Wir kaufen Pfirsiche auf dem Markt, Birnen, Tomaten, Silberzwiebeln. Und Fisch, Schwertfisch, dicke weiße Scheiben, die wir abends in Öl und Basilikum dünsten. Wir bummeln über die Piazza, essen Eis, trinken Espresso. Wir tanzen unter den Weinranken der Diskothek. Wir liegen im Strandgras, der Mond scheint, Alessandro spielt auf der Flöte. Wir gehen durch Ravenna, stehen in der Basilika von San Vitale vor den Mosaiken.

Sonne bricht durch die Fenster, die Farben glühen auf, spielen mit dem Licht.

»Was die damals gemacht haben!«, sagt Sebastian. »Vor tausendvierhundert Jahren schön und heute schön.«

Ich lege den Kopf an seine Schulter. Vor uns, über uns die Muster und Bilder aus glänzenden Steinen, Blumen, Früchte, Tiere, Kaiser Justinian mit seinem Gefolge, die Kaiserin Theodora mit ihrem Hofstaat, die Apostel, Moses mit seiner Herde vor dem brennenden Dornbusch.

»Ich glaube, ich weiß, warum diese Schönheit so lange hält«, sagt Sebastian. »Weil die Leute, die damals die Mosaiken gemacht haben, eine Idee hatten, Gott, den Gottesstaat. Und weil sie nur daran gedacht haben und nicht an sich. Heute geht es jedem Künstler um Selbstverwirklichung und dann verpackt er den Dom in Plastik oder er macht einen Strich in die Wüste und wird der große Guru.«

»Aber wir können ja nicht wieder anfangen Apostel zu malen«, sage ich.

»Nein«, sagt er. »Das wäre noch schlimmer. Die Striche in der Wüste sind wenigstens ehrlich.«

Er legt den Arm um mich, wir gehen in die Sonne hinaus.

»Natürlich ist das alles komplizierter«, sagt er. »Aber das mit den Ideen stimmt; die großen Ideen, an die alle glauben können, die sind weg. Eigentlich wühlt jeder nur noch in sich selbst. Was soll man auch tun, wenn es nichts anderes mehr gibt.«

»Und du?«, frage ich.

»Ich auch«, sagt er. »Aber ich habe es besser als die Maler. Ich habe Bach und Beethoven, von denen kann man lange leben. Die Maler sind arme Hunde, Rembrandt oder die Mosaiken abkupfern, das geht nicht.«

Später liegen wir wieder am Meer, über uns der Schatten des Sonnenschirms und die Luft voll Gestank.

»Die Mosaiken haben sie vor anderthalb Jahrtausenden gemacht«, sagt Sebastian. »Und heute lassen sie das Gift darauf los.«

»Denk doch nicht immerzu daran«, sage ich.

»Doch«, sagt er. »Muss man. Dann kann man vielleicht was ändern.«

»Wie denn?«, frage ich.

»Du zum Beispiel. Mit deiner alternativen Chemie.«

Alternative Chemie. Ich fange an zu lachen.

»Stimmt doch«, sagt er. »Das hast du doch vor mit deinem Aromaprojekt. Also fang an, tu was.«

»Du hast es nötig«, sage ich. »Du spielst Geige und andere sollen was tun.«

Sebastian richtet sich auf.

»Ist Geige spielen weniger wert?« Und dann: »Darüber denke ich schon lange nach.«

»So meine ich es doch nicht«, sage ich.

»Ach, ich weiß nicht«, sagt er und lässt Sand zwischen den Fingern hindurchrieseln. »Aber erstens will ich nichts anderes, und außerdem – Musik, das ist vielleicht eine Erinnerung. Wenn man Musik macht und man spielt so gut wie irgend möglich – vielleicht fällt dem einen oder anderen dann wieder ein, dass es Wichtigeres gibt als Profit.«

Er lässt sich zurückfallen und räkelt sich in dem warmen Sand. »Alles Stuss. Wahrscheinlich schläfert es die Leute nur noch mehr ein. Eigentlich tue ich es nur für mich.«

Seine Hand streicht über meine.

»Du bist die Nützliche in der Familie. Mach alternative Chemie.«

Aber da wollte ich schon keine Chemie mehr machen. Da hatte ich es mir schon ganz anders zurechtgelegt: noch ein Jahr Schule, mit der mittleren Reife abgehen, eine Lehrstelle bei der Bank und möglichst schnell Geld verdienen. Geld verdienen, mit Sebastian zusammenziehen, für ihn sorgen, ihm helfen Geiger zu werden. Ein erstklassiger Geiger. Einer, der überall

Konzerte gibt, in Paris, London, New York. Davon träumte ich damals in Marina di Ravenna, als ich Tag und Nacht mit Sebastian zusammen war. Sebastian und ich, so sollte es bleiben, alles andere galt nicht mehr.

Irrtum, hatte ich vorher gedacht, wenn mein Vater von mittlerer Reife und Banklehre redete. Irrtum. Ich mache Abitur. Und studiere Chemie.

In Marina di Ravenna war das wie weggeweht.

Verrückt, sage ich jetzt. Total verrückt, und bin nicht einmal sicher, ob ich es nur sage, weil es vorbei ist mit Sebastian.

Ich stehe in meinem Zimmer, mit dem Elefanten in der Hand, und wenn er jetzt anriefe, wenn ein Anruf käme von Sebastian, wenn er sagte, war doch Blödsinn, Sabine, wir gehören zusammen, es soll wieder schön sein mit uns – was würde ich tun? Alles liegen lassen vermutlich, zu ihm gehen, notfalls zu Fuß von Ellering nach München.

Verrückt. Total verrückt.

Er soll nicht anrufen.

Er ruft auch nicht an. Kann er gar nicht. Wir haben noch kein Telefon.

Die Stimme meiner Mutter auf dem Flur: »Abendessen!«

Ich lege den Elefanten in die Schreibtischschublade, schließe sie, gehe zur Tür. Und dann – ich will es nicht und tue es trotzdem –, dann gehe ich noch einmal zurück, öffne die Schublade und stelle den Elefanten wieder auf seinen Platz.

In unserer neuen Küche steht ein quadratischer Tisch mit einer Eckbank. Es sind die einzigen Möbelstücke, die wir für den Umzug gekauft haben, helles Holz, der Tisch mit einer dicken Platte.

»Das leisten wir uns«, hat mein Vater gesagt. »Ist doch gemütlich, wenn wir da alle zusammensitzen, und auf dem Herd brutzeln die Bratkartoffeln. So war es früher bei mir zu Hause auch.«

Heute Abend brutzeln keine Bratkartoffeln. Meine Mutter hat Brot, Leberwurst und Käse auf den Tisch gestellt. Und ein Glas Gurken, alles noch aus München.

»Butter haben wir nicht«, sagt sie. »Morgen müssen wir einkaufen. Ich bin gespannt, was die hier für Preise nehmen.«

»Wird schon nicht so schlimm sein«, sagt mein Vater. »Und in Bruckau gibt es einen Supermarkt.«

Bruckau ist die Kreisstadt, mit Geschäften, Landratsamt und unserer Schule.

»Wie soll sie da hinkommen?«, frage ich. »Du bist doch jeden Tag weg. Sogar samstags.«

»Fang nicht wieder an, Bine«, sagt meine Mutter. »Ich fahre mit dem Rad zum Bahnhof und nehme die S-Bahn.«

»Und ihr könnt auch was mitbringen«, sagt mein Vater. »Wenn ihr aus der Schule kommt.«

Als ob er nicht wüsste, dass die Schule oben beim Bahnhof liegt und die Läden unten in der Stadt mindestens fünfzehn Minuten entfernt sind.

»Alles auf unsere Knochen«, sage ich und mein Vater richtet sich auf. »Wenn du nicht bald den Mund hältst, passiert was.«

»Jetzt zankt euch doch nicht dauernd«, jammert meine Mutter. Sie sieht Berti an, der blass und schweigsam auf seinem Platz hockt. »Iss noch was, Berti. Soll ich dir ein Leberwurstbrot machen?«

Berti schüttelt den Kopf.

»Stell dich nicht so an, Junge«, sagt mein Vater. »Vielleicht regnet es morgen nicht mehr. Dann radelst du durchs Dorf und suchst dir ein paar Sportsfreunde. Und nach dem Essen machen wir dein Zimmer fertig, dann wird dir wohler.«

»Ich will das Scheißzimmer nicht«, sagt Berti.

»Na schön.« Mein Vater hebt bedauernd die Hände. »Dann schlaf bei Mutter Grün.«

Er boxt Berti in die Seite, freundschaftlich aufmunternd, weil er glaubt, so etwas hilft bei seelischen Problemen.

»Also, Papa«, sage ich. »Merkst du denn nicht, was mit ihm los ist?«

»Was denn?«, fragt er. »Ist seine Mutter gestorben?«

»Du bist Spitze«, sage ich.

»Meine ist gestorben, als ich fünfzehn war«, sagt er. »Und wenn deinem Bruder nichts

Schlimmeres passiert, als dass er mal den Fuß-
ballverein wechseln muss, dann kann er sich
freuen.«

Er streicht Berti übers Haar.

»Morgen schmeckt es dir schon wieder. Das
rüttelt sich alles zurecht.«

Wie mich das nervt. Mein Vater mit seinen
Ruckzuckrezepten. Draußen regnet es, regnet,
regnet. Wenn ich an die Schleißheimer Straße
denke, sehe ich nur Sonnenschein.

4

Ich komme aus der Schule. Die S-Bahn hatte
fünfunddreißig Minuten Verspätung, wegen eines Unfalls auf der Strecke. Es ist schon fast zwei.

Mein Rad steht im Bahnhofschuppen. Ich
schließe es los und klemme meine Tasche auf
den Gepäckträger. Dieser lange Schulweg. In
München brauchte ich nur um ein paar Ecken
zu gehen, drei viertel acht aus dem Haus, das
reichte. Hier muss ich um zwanzig nach sieben
am Bahnhof sein. Und vorher meine vier Kilometer mit dem Rad strampeln, auch wenn es
Bindfäden regnet. Und mittags das Gleiche in
umgekehrter Richtung.

Heute scheint wenigstens die Sonne. Ich
fahre die Landstraße entlang. Mais-, Getreide-

und Kartoffelfelder. Und Wiesen natürlich, mit Kühen.

Wir hatten Chemie heute, bei Dr. Achbacher, ein ziemlich alter Mann mit Bauch und Weste, der wirklich gute Stunden gibt.

»Eine Sabine mit ›sehr gut‹ in Chemie«, hat er zur Begrüßung gesagt. »Mal sehen, ob wir es auch zusammen können.«

Ich glaube, wir können. Nur schade, dass nicht alles so läuft.

Schon über drei Wochen in Ellering und immer noch dieses Gefühl in der Magengegend. So, als ob ich unterwegs wäre und nicht genau wüsste, wohin.

Berti hat es viel leichter. Am Tag nach unserem Einzug ist er ins Dorf geradelt, und als meine Mutter mich losschickte um ihn zu suchen, spielte er auf der Wiese am Dorfrand mit einem anderen Jungen Fußball.

»Du sollst dein Regal einräumen!«, rief ich ihm zu.

»Keine Zeit!«, schrie er zurück.

Ein bisschen später war er da. Den Jungen von der Wiese brachte er mit.

»Das ist der Moser Beni«, verkündete er. »Der geht auch in die fünfte. Der hat einen Bauernhof. Hoffentlich komme ich in seine Klasse.«

»Na also«, sagt meine Mutter erleichtert, als beide verschwunden waren. »Hoffentlich lebst du dich auch so schnell ein, Bine.«

Ich weiß nicht, ob ich es jemals schaffe. Dabei möchte ich es so gern. Aber für mich ist das

Dorf noch so fremd wie am ersten Tag. Ich kenne keinen Menschen. Man sieht auch kaum einen. Wenn ich aus der Schule komme, ist die Straße leer. Höchstens mal ein Bauer auf dem Traktor, und der starrt mich an, als ob er sagen will: Verschwinde aus dem Dorf.

Auch wenn das nur Einbildung ist – was tut man dagegen? Schade, dass ich mir von meinem Vater nicht eine Scheibe abschneiden kann. Transplantieren sozusagen. Das müsste es geben: Verpflanzen von Glück.

Mein Vater ist wirklich glücklich hier, trotz seiner Geldsorgen. Wenn er abends auf der Terrasse steht, mit einem tiefen Atemzug »Mein Gott, ist das eine herrliche Luft« sagt und die Grashalme, die im Garten langsam zu sprießen beginnen, ins Auge fasst wie ein Großgrundbesitzer seine Weizenfelder, dann sieht er zufriedener aus als je zuvor. In diesen Momenten vergisst er wahrscheinlich, dass sein Finanzplan längst nicht mehr stimmt: Platten für den Weg, Humus für den Garten, Grassamen, Rasenmäher, Terrassenstühle, Wäschepfähle – lauter unvorhergesehene Ausgaben. Die achtzehntausend für den Schrank konnten da auch nichts retten und das meistgebrauchte Wort in unserer Familie ist *sparen*.

Jeden Tag sitzt meine Mutter über ihrem Wirtschaftsbuch und rechnet. Fleisch gibt es höchstens zweimal die Woche – meine Großmutter würde sich freuen. Dafür kommt Quark in sämtlichen Variationen auf den Tisch.

»Sehr gesund«, sagt meine Mutter. »Und gut für die Haut.«

Das hat sie aus der Werbung. Aber meine Haut ist gut genug, die könnte durchaus öfter ein Schnitzel verkraften.

Mich wundert nur, dass Berti nicht protestiert. Wahrscheinlich versorgt er sich bei seinen Elleringer Sportsfreunden mit Wurstbroten.

»Mann«, hat er neulich erzählt, »die Wurst beim Moser, die ist Spitze. Selbst geschlachtet. Die Sau hat Rosi geheißen.«

»Also Rosiwurst«, hat mein Vater gesagt und Berti hat uns mitgeteilt, dass die Rosi nur Klassefutter gekriegt hat. Und keine Spritzen vom Tierarzt wie die Viecher, die verkauft werden sollen, und dass die Wurst von der Rosi deswegen so toll schmeckt.

»Was die Leute in der Stadt fressen, das mögen wir nicht«, hat die Mutter vom Moser Beni gesagt.

Berti findet, wir sollten ebenfalls eine Sau füttern, er würde für sie sorgen. Meine Mutter ist ganz blass geworden bei dem Vorschlag und zum Glück hält auch mein Vater nichts davon.

»Schweine stinken«, sagt er. »Wir kaufen die Rosi lieber stückweise im Supermarkt.«

Aber die Rosi besteht bei uns sowieso nur aus Quark.

Wie meine Mutter sich fühlt, weiß ich nicht. Sie tut immer ganz vergnügt, stimmt in den Lobgesang auf die herrliche Luft ein, erzählt uns, wie gut die Gartenarbeit für ihren Kreislauf sei. Aber diese Munterkeit kommt mir nicht geheuer vor. Manchmal, wenn sie sich unbeobachtet glaubt, sieht sie so verloren aus wie vor dem Umzug, als sie am Küchenfenster stand und auf den Hof starrte.

Sie würde es nie zugeben – aber wahrscheinlich ist ihr Heimweh so schlimm wie meins. Oder noch schlimmer. Ich gehe wenigstens jeden Morgen zur Schule, hangele mich von einem Tag zum anderen, und Ellering ist für mich keine Endstation. Meine Mutter dagegen sitzt hier fest. Jeden Tag das Gleiche: Mein Vater fährt mit dem Auto davon, Berti und ich verschwinden, und weit und breit niemand, mit dem sie reden kann.

»Sprich doch mit den Nachbarn«, sagt mein Vater.

Aber ebenso gut könnte er ihr empfehlen mit den Bäumen zu reden.

Hier in der Straße gibt es außer unserem nur noch vier Häuser. Zwei davon gehören berufstätigen Ehepaaren, die den ganzen Tag unterwegs sind. Im dritten wohnt eine siebzigjährige unsichtbare Witwe und im vierten ein Miesling namens Weiß, mit dem man nicht reden, sondern höchstens Krach haben kann. Wir waren kaum eingezogen, da stand er schon vor unserer Tür und brüllte: »Heute ist Sonntag! Haben Sie noch nicht gehört, dass sonntags ruhestörende

Arbeiten verboten sind? Ich zeige Sie an, wenn Sie nicht sofort still sind!«

Mein Vater hat vor Schreck den Bohrer beiseite gelegt, obwohl er unbedingt mit der Arbeit fertig werden wollte. Und am nächsten Abend kam der Weiß schon wieder an. Da hatte Berti sein Rad auf den Weg gestellt und Weiß schrie, dass es ihn beim Herausfahren aus der Garage behindere.

Diesmal ließ sich mein Vater nicht einschüchtern.

»Mich würde das Rad nicht behindern«, sagte er. »Ich habe nämlich Autofahren gelernt. Im Übrigen: Es kann der Frömmste nicht in Frieden leben, wenn es dem bösen Nachbarn nicht gefällt.«

Dieses Gesicht von dem Weiß! Doch sosehr uns das gefreut hat – meiner Mutter hilft es nicht weiter.

»Ich glaube, mir wächst noch der Mund zu«, hat sie neulich gesagt. Lachend natürlich. Als ob es ein Witz sei.

Aber sie tut mir nicht Leid. Warum hat sie sich nicht gewehrt, als mein Vater das Haus kaufen wollte? Warum hat sie nur an ihn gedacht und nicht an sich? Nein, ich will nicht, dass sie mir Leid tut. Ich tue mir selber Leid genug.

Auf der linken Seite taucht schon die Kiesgrube auf – Halbzeit bis nach Ellering. Eigentlich macht es Spaß, bei schönem Wetter durch diese Gegend zu fahren. Die Moränenhügel, der

Wald, die moorigen Weiher... Nur schade, dass ich immer so allein bin. Niemand aus der Schule wohnt bei uns im Dorf.

Die Schule. Ganz so schlimm, wie ich gefürchtet habe, ist es nicht geworden. Ein paar in der Klasse mag ich. Gisa Scherr vor allem, und der Achbacher mit seiner Chemie ist ein Lichtblick. Sonst allerdings sieht es finster aus. Schon allein das Gebäude. Wenn ich daran denke, wie geschockt ich am ersten Tag vor diesem Raumschiff gestanden habe! Meine Schule in München war ein alter Backsteinbau, mitten in der Stadt, ein Haus zwischen anderen Häusern. Dämmrige Flure, abgetretene Stufen, hohe schmale Fenster, auf den Tischen eingekerbte Namen von früheren Schülern. Und überall warmes dunkles Holz. Die Bruckauer Schule dagegen liegt draußen am Stadtrand, auf freiem Feld beinahe, und besteht aus Beton, Kunststoff und Glas. Eine riesige Roboterstation, so keimfrei, dass man sich morgens klein und ungewaschen vorkommt und schon ein schlechtes Gewissen hat, bevor es überhaupt losgeht. Wie man sich in dieser Lernmaschine zurechtfinden soll, weiß ich immer noch nicht, trotz des ausführlichen Wegweisers unten in der Halle.

Und dann die Fenster. Ganze Wände aus Glas. Der Architekt hat einen Preis für diese Schule bekommen. Nur dass im Sommer manchmal die Sonne scheint, daran hat er nicht gedacht in seinem Schaffensrausch. Er muss ja auch nicht bei dreißig Grad Zimmertemperatur eine Mathearbeit schreiben.

Aber die Klasse, wie gesagt, die finde ich ganz nett. Obwohl ich am ersten Tag beinahe davongelaufen wäre. Die Zimmermann hatte mich in die Englischstunde mitgenommen, und kaum standen wir in der Klasse, ging das Gekicher los. Später hörte ich, dass sie nicht über mich gelacht hätten, sondern weil der Unterrock der Zimmermann ein Stück herausguckte. Was im Übrigen typisch ist. In München hätten wir gesagt: »Frau Zimmermann, Ihr Unterrock«, und die Sache wäre erledigt gewesen. Aber hier geht es nicht so lässig zu. Hier herrscht eine Art Grabenkrieg zwischen Lehrern und Schülern und über allem schwebt die heilige Schulordnung.

Meinen ersten Verweis habe ich bereits: weil ich in der großen Pause das Schulgelände verlassen habe um mir ein Heft zu kaufen! In München wären sie darüber hinweggegangen: »Die ist siebzehn, die kommt schon nicht unter die Räder.« Aber in Bruckau: Verboten ist verboten. Und bloß keine eigene Entscheidung.

Ich habe es gleich gespürt, gerochen förmlich. Gisa Scherr sagt, dass es an Ballhofer, unserem Direktor, liegt, einer von den Typen, die ständig zum Kultusministerium beten. Von Ballhofer geht es an die Lehrer weiter und von den Lehrern an die Schüler. Deshalb lachen sie über den Unterrock der Zimmermann und ziehen die Köpfe ein, wenn sie aus Rache besonders schwierige Hausaufgaben gibt.

»Typisches Radfahrersystem«, sagt Gisa.

Gisa Scherr wohnt in Rodering, unserm Nachbarort mit der S-Bahnstation. Sie interessiert sich fast genauso wie ich für Chemie, obwohl man in der Schule nichts davon merkt. Gisa sieht rot bei allem, was Schule heißt, und macht in Verweigerung. Gleich am Anfang ist sie mir aufgefallen, in der Turnstunde, als sie mit hängenden Schultern und matschigem Gesicht herumstand und beim Sprung übers Pferd knapp zwei Zentimeter vom Boden wegkam. »Ich an deiner Stelle würde mich im Altersheim anmelden«, regte sich die Nachtigall auf – sie heißt tatsächlich so! – und Gisa sagte mit schleppender Stimme: »Gern. Wenn Sie meinen, Frau Nachtigall.«

Mittags, auf dem Bahnsteig, kam sie zu mir und fragte, ob ich in meiner Münchner Schule Hannes Ritter gekannt hätte.

»Klar kenne ich ihn«, sagte ich. »Den aus der dreizehnten.«

»Hannes und ich klettern zusammen«, sagte sie. »Im Fels.«

»Du?«, fragte ich, weil ich an ihren Sprung übers Pferd denken musste.

Sie lachte. »Das ist meine Spezialvorstellung für die Nachtigall. Die soll nicht auf die Idee kommen, dass ich mich anstrenge.«

»Aber warum?«, fragte ich und sie fing an mir ein paar Informationen über die Schule zu geben. Über das Ballhofersche Drucksystem. Über die Art, wie mit Schülern, die nicht ins

Bild passen, verfahren wird. Über die zwei Selbstmorde im vergangenen Jahr.

»Den Gerhard Kempe hat die Buchauer auf dem Gewissen«, sagte sie. »Die hat ihn in Mathe fertig gemacht. Er hätte mündlich glatt auf vier ausgleichen können. Aber die Buchauer hat ihm keine Chance gegeben, der sollte weg. Hinterher hat der Ballhofer ein bisschen am Grab rumgesaftet, von wegen fassungslos und in der Blüte seiner Jugend und so, und dann hat er für Gerhards Vater Hausverbot erteilt, weil er immer wieder aufkreuzte und keine Ruhe gab. Und der Meidner, unser Klassenlehrer, der die Buchauer öffentlich angegriffen hat, ist in aller Stille gegangen worden. Nicht etwa die Buchauer! Nein, der Meidner. Warte nur ab, du wirst schon merken, wie das hier läuft.«

Aber ich will mich nicht auf Anhieb in diese Antistimmung bringen lassen. Gut, dass ich so lange in meiner Münchner Schule war. Bei unserer Direktorin hätte jemand wie die Buchauer keine Chance gehabt. Wenn ich daran denke, wie sie Jürgen Donder aus dieser Haschgeschichte herausgepaukt hat! Sicher lag es an ihr, dass die meisten von uns ganz gern zur Schule gegangen sind, auch, wenn einem nicht ganz klar war, weshalb man den Magen der Kuh und dergleichen auswendig lernen musste.

»Die ist eine Ausnahme«, sagt Gisa. »Wie wird man denn Direktor? Buckeln und Treten, was sonst. Sieh dir doch den Ballhofer an. Was er gerade wieder mit dem Oliver macht.«

Oliver Hähnel geht in die Zwölfte und hat in der Pausenhalle Aufklärungsmaterial gegen Kernkraftwerke verteilt. Ganz legitim, finde ich. Es betrifft doch uns und unser Leben, warum soll man nicht öffentlich darüber diskutieren! Aber der Ballhofer, für den so etwas bereits an Staatsgefährdung grenzt, war natürlich dagegen. Striktes Verbot: keine Politik in der Schule! Oliver Hähnel hat weitergemacht – weil er es für wichtig hielt und wegen seines Rechts auf freie Meinungsäußerung und weil unsere Demokratie ein Grundgesetz hat und keine Schulordnung. Seitdem steht er auf der Abschussliste. Ich weiß nicht, wie gut er sein müsste um trotzdem einigermaßen durchs Abitur zu kommen.

In Ethik jedoch befassen wir uns mit dem Thema Zivilcourage, angeblich eine sehr erstrebenswerte Eigenschaft. Nur nicht in der Schule, sondern unter Napoleon und im Dreißigjährigen Krieg.

Wie mich das nervt. Aber die meisten aus der Klasse regen sich kaum darüber auf. Sie nehmen es hin wie das Wetter.

»Die sind das, was der Ballhofer braucht«, sagt Gisa. »Gut, dass du dich wenigstens für Politik interessierst.«

»Seit Sebastian«, hätte ich antworten müssen.

»Liest du so was?«, habe ich Sebastian gefragt, als er zum ersten Mal auf mich wartete, draußen vor der Schule. Er saß auf dem Fahrradständer und hatte den »Spiegel« in der Hand.

»Warum nicht?«, fragte er.

»Ach, Politik!«, sagte ich.

»Was liest du denn?«, fragte er. »›Bravo‹?«

Ich antwortete nicht. Ich fand ihn arrogant und hatte keine Lust mehr, mit ihm zu reden.

»Entschuldige«, sagte er. »War nicht so gemeint. Ich verstehe nur immer nicht, was die Leute gegen Politik haben. Politik ist doch wichtig. Damit muss man sich befassen.«

»Warum?«, fragte ich. »Es nützt ja sowieso nichts.«

»Du, das ist Schwachsinn«, sagte er. »Natürlich nützt es was. Ich bin doch ein Teil dieser Politik. Ich will wissen, was da läuft.«

Er steckte den »Spiegel« in die Tasche.

»Ich denke, du spielst Geige«, sagte ich und wusste, dass ich schon wieder Schwachsinn redete.

»Na und?« Er sah mich an und schüttelte den Kopf. »Sitze ich auf dem Mond mit meiner Geige? Wenn ich den Leuten etwas vorspielen will, kann ich mich doch nicht im luftleeren Raum bewegen. In meiner Musik, da muss alles drin sein – was wir leiden, wonach wir uns sehnen, was wir kaputtmachen, was . . .«

Er brach den Satz ab. »Warum erzähle ich dir das?«

»Rede weiter«, drängte ich. »Los!«

Viel später – es war schon in Ravenna – hat Sebastian mir gesagt, dass er mich beinahe stehen gelassen hätte. Er war wütend gewesen, auf mich wegen meiner Bemerkungen, auf sich, weil er trotzdem angefangen hatte über seine Musik

zu sprechen. Die versteht kein Wort, hatte er gedacht. Die ist wie die anderen.

»Aber dann«, sagte er, »dann hast du ›Rede
weiter! Los!‹ gesagt, und da war etwas in deiner
Stimme, daran habe ich gemerkt, dass du es
wirklich wissen wolltest. Dass es dir wichtig
war. Und da konnte ich weiterreden. Überhaupt
reden. Zum ersten Mal. Ich habe ja sonst nie
von mir erzählt.«

Wir saßen auf dem Balkon, als er das sagte. Es
war dunkel, der Himmel klar, mit vielen Ster-
nen. Am Nachmittag hatten wir die Mosaiken
gesehen. Ich war so glücklich, dass mich nicht
einmal der Gestank in der Luft störte.

»Wahrscheinlich habe ich es sofort gewusst«,
sagte er. »Als ich dich auf der Mauer sitzen sah.
Mit der kannst du reden.«

»Ich habe es auch gewusst«, sagte ich. »Nicht
gleich. Aber als du das von der Politik und der
Musik gesagt hast, da bestimmt.«

Doch, ich hatte es gewusst: Sebastian würde
mir etwas bringen, das ich noch nicht besaß, etwas, das ich brauchte. So viele Türen waren zu-
gewesen. Sebastian hat sie aufgestoßen.

Ich möchte ihm einen Brief schreiben. Lieber
Sebastian, möchte ich schreiben, ich habe dich
jetzt so nötig. Ich möchte mit dir sprechen, du
musst mir helfen, ich brauche dich so. Neulich
war ich hier am Fluss, da habe ich zwei Enten
gesehen, die sind zusammen am Ufer herumge-
watschelt ...

O Gott, nein. Nicht das.

Ich werde ihm nicht schreiben. Ihn nicht anrufen. Und nicht dasitzen und trauern. Ich muss es allein schaffen. Meine Chemiearbeit, dieses Projekt mit den Duftstoffen – dauernd denke ich daran. Ich brauche jemand, der mitmacht. Gisa vielleicht. Neulich ist sie mittags ein ganzes Stück mit mir in Richtung Ellering gefahren, bis zur Kiesgrube. »Besuch mich doch mal«, hat sie gesagt.

Ich werde mit Gisa reden. Sie und noch zwei andere, dann könnten wir einen Leistungskurs vorbereiten. Fürs Abitur.

Abitur machen. Nicht zur Bank gehen. Kein Geld verdienen. In der Schule bleiben.

Wie sage ich es meinem Vater?

Der Kirchturm taucht auf. Der Kirchturm von Ellering. Endlich. Meine Mutter wollte heute Kartoffelpuffer braten. Mit Apfelmus. Berti hatte schon um zwölf Schluss. Wahrscheinlich hat er alles aufgegessen.

»Wo warst du denn so lange?«, fragt meine Mutter. »Ich habe schon versucht in der Schule anzurufen. Da hat niemand abgenommen.«

Ich erzähle ihr von der S-Bahn-Verspätung und sie sagt: »Heute ist wirklich ein schlechter Tag. Lauter Pech.«

»Hat Berti noch genug übrig gelassen?«, frage ich.

»Ich habe Teig für dich aufgehoben«, sagt sie und gießt Öl in die Pfanne. »Du kriegst gleich was.«

Sie stellt einen Teller hin, holt das Apfelmus und gibt mir ein Glas Milch.

»Ganz verhungert siehst du aus.«

Ich setze mich auf die Eckbank. Die Milch hat genau die richtige Temperatur. Meine Mutter weiß, dass sie mir eiskalt nicht schmeckt.

»Berti ist schon wieder weg«, sagt sie. »Ohne Schularbeiten. Was soll das bloß werden.«

»Er kann sie heute Abend machen«, sage ich und sehe zu, wie sie Kartoffelpufferteig in das heiße Öl laufen lässt. Es zischt und brutzelt.

»Mit Englisch wird es auch immer schlechter«, sagt sie. »Wie bringen wir das Papa bei?«

»Überhaupt nicht«, sage ich. »Wir warten bis zu den Zeugnissen. Dann gibt es den ganzen Krach auf einmal.«

Der erste Kartoffelpuffer liegt auf meinem Teller, braun und knusperig. Ich bestreue ihn mit Zucker und fange an zu essen. Meine Mutter steht daneben.

»Ach, Bine«, murmelt sie und geht wieder zum Herd zurück.

»Das mit Berti ist doch Krampf«, sage ich. »Er mag einfach nicht. Übrigens hast du eine breite Laufmasche, Mama. Hinten!«

Sie fährt herum. »Nein!«, ruft sie, starrt auf ihr Bein und fängt an zu weinen.

»Ganz neue Strumpfhosen«, schluchzt sie. »Ganz neue Strumpfhosen.«

»Aber, Mama!«, sage ich. »Was hast du denn? Ist doch nicht so schlimm.«

»Ganz neue Strumpfhosen«, wiederholt sie

schluchzend und mir wird klar, dass sie einfach fertig ist. Sparen, sparen, immer bloß sparen, und dann gehen die Strumpfhosen kaputt, Stützstrumpfhosen für ihre Krampfadern, acht Mark im Ausverkauf, und das verkraftet sie nicht.

Ich ziehe sie auf die Bank und streichle sie, so wie sie es früher getan hat, wenn ich Kummer hatte.

Sie sucht nach einem Taschentuch. Ich gebe ihr ein Stück Papier von der Küchenrolle und sie wischt sich die Tränen ab.

»Ach, Bine«, sagt sie wieder. Dann hebt sie den Kopf und schnuppert.

»Himmel! Die Kartoffelpuffer! Die sind ja schon verkohlt!«

Die ganze Küche stinkt. Sie reißt das Fenster weit auf.

»Das stinkt mindestens drei Tage!«, jammert sie und läuft mit der rauchenden Pfanne in den Garten. Als sie zurückkommt, stellt sie eine andere auf den Herd und gießt Öl hinein.

»Gut, dass ich so viele Kartoffeln gerieben habe. Sonst würdest du nicht mal satt werden.«

Ich fange an zu lachen. Die Welt kann untergehen, aber Bine muss satt werden.

»Was hast du denn?«, fragt sie.

Ich erkläre es ihr. Sie versucht ein bisschen mitzulachen. Dann sagt sie: »Es sind nicht nur die Strumpfhosen. Die haben mir mein Rad gestohlen.«

Beinahe fängt sie wieder an zu weinen. »Am

Bahnhof. Es ist doch Freitag. Ich war im Supermarkt.« ✳ ✳

Das Rad geklaut. Irgendwann musste das kommen. Am Bahnhof von Rodering stehen so viele Räder, da verschwinden fast jeden Tag ein paar. Bei Gisa waren es schon vier im Laufe der Jahre.

»Ich bin zum Schalter gegangen«, sagt meine Mutter. »Und der Beamte ist noch frech geworden. ›Gehen Sie zu Fuß‹, hat er gesagt. ›Dann passiert so was nicht.‹«

Sie setzt sich an den Tisch und schlingt gedankenlos einen Kartoffelpuffer hinunter. Ich kenne das schon. Wenn sie Kummer hat, fängt sie automatisch an zu essen.

»Stell dir das vor«, sagt sie. »Ich mit meinen zwei großen Einkaufstaschen! Und es gießt in Strömen! Und dann vier Kilometer!«

»Du hättest ein Taxi rufen sollen«, sage ich.

Sie sieht mich entsetzt an. »Taxi? Das kostet fast zehn Mark.«

»Ach Mama«, sage ich. »Es ist wirklich zum Heulen. Keine zehn Mark fürs Taxi. Bloß weil Papa . . .«

»Ich bin ja gar nicht die ganze Strecke gelaufen«, unterbricht sie mich. »Eine Frau aus Moosberg hat mich mitgenommen.« Sie greift nach einem neuen Kartoffelpuffer. »Sie hat gefragt, ob ich denn kein Auto hätte. Ich?, habe ich gesagt. Ich habe nicht mal den Führerschein, und sie hat gemeint, den würde man hier brauchen . . .«

»Iss mir doch nicht die ganzen Kartoffelpuffer weg, Mama«, sage ich.

»Himmel!« Sie schiebt mir ihren Teller hinüber. »Dabei habe ich gar keinen Hunger. Ohne Führerschein wäre hier der Hund verfroren, hat die Frau gesagt.«

»Das musst du Papa erzählen«, sage ich. »Der findet es hier ja so toll, der würde dich auf allen vieren zum Bahnhof rutschen lassen.«

Meine Mutter stippt mit dem Zeigefinger die Zuckerkrümel vom Tisch.

»Manchmal hast du ein Mundwerk«, sagt sie mechanisch. Und dann: »Das kannst du mir glauben, Sabine, für mich hätte ich das Haus bestimmt nicht gekauft. Und wenn, dann würde ich es wieder verkaufen.«

»Auch das musst du Papa erzählen«, sage ich und stehe auf. »Also, ich mache jetzt Französisch.«

»Ich bin nun mal nicht allein«, sagt sie. »Aber das verstehst du nicht. Sei erst mal verheiratet.«

Es geht mir durch und durch.

»Dir ist wirklich nicht zu helfen, Mama«, sage ich. »Und wenn heiraten das bedeutet – nein danke.«

Als ich die Tür zumache, sitzt sie immer noch auf der Eckbank und starrt vor sich hin.

Französisch lernen. Ich mag Französisch nicht besonders. Diese endlosen Vokabelreihen. Und diese Frau Liebherr! Tut, als säße sie mitten auf dem Arc de Triomphe und hat einen bayerischen Akzent wie der Moser Beni. In Ravenna, da ist mir das Italienische direkt in den Mund geflogen. So möchte ich Sprachen lernen – auf dem Markt, zwischen Zwiebeln und Fischen.

In den großen Ferien, nach Sebastians Abitur und der Geigenprüfung, wollten wir nach Frankreich fahren, per Autostopp quer durchs Land. Und zum Schluss Paris.

Ich hätte ohnehin nicht mitfahren können. Ich muss arbeiten in den Ferien. Geld verdienen. Aber eine Woche, das wäre vielleicht gegangen. Oder vierzehn Tage.

Im Mai ist Abitur. Mit wem Sebastian nun wohl wegfährt? Nach Frankreich. Oder Griechenland. Auch davon haben wir oft gesprochen.

»Athen, Sabine. Und Kreta. Da können wir draußen schlafen, unter den Feigenbäumen.«

Warum habe ich bloß alles falsch gemacht...

»Sei erst mal verheiratet«, hat meine Mutter gesagt.

④ – Ich habe mich benommen, als ob ich meine Mutter wäre.

Was immer passiert ist in Marina di Ravenna, meine Mutter war dabei. Unsichtbar dabei. Und auch Sebastians Mutter hat mitgemischt.

Merkwürdig. Ausgerechnet sie, die so anders ist als meine Mutter. Eigener Beruf, eigene Bekannte, eigenes Bankkonto...

»Ein eigenes Konto ist wichtig, Sabine«, hat sie gesagt. »Selbst verfügen können über das, was man verdient, nicht erst um Genehmigung fragen müssen.«

Mir hat das imponiert, auch, dass sie ohne ihren Mann nach Italien fuhr. Bei uns wäre so etwas unmöglich gewesen. »Papa verhungert doch inzwischen«, hätte meine Mutter gesagt.

Ich fand es gut, wie Sebastians Mutter es machte, auch, wie sie aussah, sich kleidete, mit Menschen umging. Deshalb wahrscheinlich habe ich mich von ihr einwickeln lassen.

Nein, einwickeln klingt zu schäbig. Sie wollte mich nicht einwickeln. Sie hat es gut gemeint, vor allem mit Sebastian. Und mit mir, weil sie glaubte, was für Sebastian gut sei, müsste auch mich glücklich machen. Nur in einem hat sie sich geirrt: Sebastian wollte das alles nicht.

»Deinem Mann gegenüber bist du vielleicht emanzipiert«, hat er einmal zu ihr gesagt. »Aber bei mir führst du dich auf wie eine Glucke.«

Er machte sich lustig über ihren Fürsorgekomplex: Dass er Schnupfen bekommen könnte oder einen Sonnenstich, und ob er nicht zu viel Eis gegessen hätte und zu wenig Vitamine, oder gar Wasser geschluckt mitsamt den vereinigten Adriabakterien. Er klopfte ihr beruhigend auf den Rücken und tat, was ihm passte.

»Früher hat mich das mal aufgeregt«, sagte er. »Aber jetzt? Lass ihr doch den Spaß. Lange dauert es sowieso nicht mehr.«

Nach der Prüfung wollte er von zu Hause wegziehen.

»Völlig richtig«, sagte seine Mutter. »Er kann ja nicht ewig an meinem Rockzipfel hängen.«

Aber das waren nur Sprüche, mit denen sie ihre Angst zudeckte, ihre Angst um Sebastian.

Erst jetzt begreife ich, was ich für Sebastians Mutter bedeutete: eine Art rettender Engel. Jemand, der ihre Rolle übernehmen sollte.

Sie fing es sehr vorsichtig an. Sebastian durfte nichts merken. Nur wenn wir, sie und ich, allein waren, ließ sie es in mich hineinrieseln.

»Allein wohnen wollen ist eine Sache«, sagte sie. »Es können eine andere. Sebastian ist dem in keiner Weise gewachsen. Der Junge denkt nicht mal ans Essen, wenn er übt.«

»Aber er isst doch ganz gern«, sagte ich.

»Ja, wenn man es ihm hinstellt. Wenn jemand da ist, der es ihm nett zurechtmacht und sich zu ihm setzt. Das braucht er.«

Ich nickte.

»Und dann vergräbt er sich«, sagte sie. »Er geht nicht an die Luft, kauft nicht ein, spricht mit keinem, schläft nicht genug. Und diese Unordnung! Er muss einen Menschen haben, der auf ihn aufpasst, der ihm diese Äußerlichkeiten abnimmt. Du kennst ihn doch, Sabine. Er ist ein Künstler. Er braucht Freiraum.«

»Quatsch«, hätte ich sagen sollen. »Er muss lernen sich zurechtzufinden, genau wie andere auch.« Aber ich hörte zu, nickte und war ihrer Meinung.

»Er ist so sensibel«, sagte sie. »Wenn er allein wohnt, wird er nicht mehr die innere Ruhe haben zum Geigen. Der Alltagskram, diese Ablenkungen . . .«

»Vielleicht zieht er dann wieder zu Ihnen«, sagte ich.

»Nein«, sagte sie. »Dazu ist er zu stolz. Das tut er nicht. Lieber geht er kaputt. Künstler sind so anfällig. Alkohol . . . und Drogen . . .«

Sie hatte keine Ahnung von Sebastian. Er rauchte nicht, er trank nicht, nur um ruhige Hände zu behalten. Und Drogen? Nicht mal von ferne.

»Ich will nicht im Pissoir krepieren«, sagte er. »Ich will Geige spielen.«

Seine Mutter strich mir übers Haar. »Gut, dass er dich hat, Sabine. Du kümmerst dich um ihn, nicht wahr?«

Ich nickte.

»Du und ich. Von mir darf er natürlich nichts merken. Du bist der Vorposten . . .«

So ging es. Und jeden Tag rutschte ich ein bisschen mehr in die Rolle hinein, die sie mir zuschob. Sebastians Hort und Stütze.

»Vielleicht könnt ihr zusammenziehen«, sagte sie. »Ich würde euch helfen. Finanziell, meine ich.«

»Mein Vater will sowieso nicht, dass ich Abitur mache«, sagte ich. »Und wenn ich nächstes Jahr bei der Bank anfange, verdiene ich schon etwas.«

»So?« Ich erinnere mich noch daran, wie erleichtert sie mich ansah. »Aber du weißt, Sabine, bei Sebastian wird es lange dauern, bis er zu Geld kommt. Er könnte natürlich Stunden geben.«

»Das soll er nicht«, sagte ich und sie nahm mich in die Arme und küsste mich.

Unser Schutzbündnis für Sebastian.

Am nächsten Tag wollten wir nach Venedig fahren.

»Ich liege lieber am Meer«, sagte Sebastians Mutter. »Es ist so heiß heute.«

»Für Venedig schwitzen wir gern«, sagte Sebastian.

Es war kurz vor Ferienende. Nur noch zwei Tage.

Sebastian wurde allmählich unruhig.

»Ich verkomme total«, sagte er. »Die ganze Zeit habe ich nicht richtig geübt. Ich muss wieder was tun.«

Es kränkte mich. Von mir aus hätte es ewig so weitergehen können. Ich war froh, dass uns seine Mutter wenigstens allein nach Venedig fahren ließ.

Es war wirklich sehr heiß. Noch nie habe ich so geschwitzt wie in Venedig. In der Nacht, als wir längst wieder in unserem Bungalow waren, kam ein Gewitter herunter. Wahrscheinlich hing es schon in der Luft, als wir durch die Gassen schlenderten, über Brücken, an Kirchen vorbei, in Kirchen hinein, und immer wieder diese vermodernden Häuser, aus denen es nach Jahrhunderten dunstete, und im nächsten Augenblick etwas so Schönes, dass man am liebsten dageblieben wäre.

Die Hitze wurde immer drückender. Wir waren die Kanäle entlanggefahren, mit dem Motorboot, weil Gondeln zu viel kosteten, hatten Fritto Misto gegessen und Espresso getrunken, uns Maria della Salute angesehen, den Dogenpalast, die Bilder von Tintoretto und den Palazzo Cà d'Oro. Dann konnte ich nicht weiter und setzte mich mitten auf den Markusplatz. Sebastian saß neben mir. Wir lehnten uns aneinander, müde und schwitzend. Um uns herum Touristen und Tauben, Kaffeehausmusik von irgendwoher, Straßenhändler priesen ihre Waren an, hinter uns spielte ein Typ Gitarre, ein Amerikaner mit der Bibel in der Hand schrie: »Jesus is coming, Jesus is coming«, und über allem die Markuskirche in ihrer Schönheit.

»Manchmal halte ich das kaum aus«, sagte Sebastian. »Was es alles gibt auf der Welt, und man kriegt so wenig davon zu sehen.«

»Später, wenn du Konzerte gibst«, sagte ich, »kommst du überall hin.«

Er schüttelte den Kopf.

»Wer schafft das schon. Wahrscheinlich werde ich irgendwelchen völlig unmusikalischen Kindern Stunden geben.«

»Nein«, sagte ich. »Du nicht. Du schaffst es. Ich gehe von der Schule und verdiene Geld.«

Ich fing an ihm mein Projekt zu entwickeln, dort auf dem Markusplatz, zwischen Touristen und Tauben. Er hörte zu und sagte kein Wort, nicht Ja und nicht Nein.

Von da an wurde es anders mit uns. Ich wurde anders, er wurde anders, ganz allmählich, jeden Tag ein bisschen mehr, bis zu dem Krach im Februar.

Ich darf seiner Mutter nicht die Schuld geben. Ich hab es selber gewollt.

Jetzt ist es vorbei, leider oder nicht leider. Vorbei.

Aber was ich wissen möchte: Bin ich wirklich so? Nicht nur bei Sebastian, sondern auch beim nächsten Mal? Und wenn es dann einer ist, der es annimmt und sich bedient?

5

In der Nacht träumte ich von Sebastian. Ich träume oft von ihm, wirres Zeug, manchmal schön, manchmal schrecklich. Meistens weiß ich später nicht mehr, was es war.

Diesmal liegen wir am Strand. Der Kokosnussverkäufer kommt vorbei. »Coco«, ruft er. »Coco! Coco!« Er ist ungefähr so alt wie Sebastian, braun gebrannt, mit schwarzen Augen. Er kennt uns schon, winkt uns zu. Sein Gesicht verwandelt sich, nähert sich, wird der Kopf von Sebastian . . .

»Coco! Coco!«

Die Rufe gehen in Schnarren über. Der Wecker.

Es ist Samstag. In München hatten wir am Samstag immer frei. Hier nur jeden zweiten. Und draußen regnet es schon wieder.

Mein Vater sitzt beim Frühstück, als ich in die Küche komme. Er muss heute früher weg als sonst. Samstags ist Hochbetrieb bei Möbelmöller und der Chef liegt seit drei Tagen im Krankenhaus mit einem Herzinfarkt.

»Morgen, Binchen«, sagt mein Vater. Er tut etwas Eigelb auf den Löffel und hält ihn mir hin. Ein Familienritual, ein Überbleibsel von früher.

»Mistwetter«, sagt er. »Wenn du fertig wärst, könnte ich dich mit zum Bahnhof nehmen.«

»Ich hab mich an den Regen gewöhnt«, sage ich.

»Sei nicht so grantig«, sagt er. »Regenwasser macht schön.«

»Klar«, sage ich. »Bis zur nächsten Lungenentzündung.«

»Dass es hier nicht mal einen Bus gibt«, sagt meine Mutter. »Dauernd so nass in der Schule sitzen.«

Mein Vater steht auf. »Ich habe diesen Sommer auch nicht gemacht. Also, ich muss fahren. Im Laden wird's heiß heute. Eine Menge Sonderangebote. Und auf den Junior kann man ja nicht rechnen. Der interessiert sich nur für die Kasse.«

»Hoffentlich geht es dem Chef bald besser«, sagt meine Mutter.

Mein Vater antwortet nicht.

»Er macht sich Sorgen«, sagt meine Mutter, als er draußen ist. Sie geht ans Fenster, wartet, bis der Wagen aus der Garage rollt, und winkt noch einmal.

»Wo steckt eigentlich Berti?«, fragt sie dann.

»Der hat doch eine Stunde später Schule«, sage ich.

»Wirklich?«

»Bestimmt«, sage ich. »Zum Schwänzen ist er noch zu klein.«

Im Zug treffe ich Gisa. Ihre Mutter hat sie zum Bahnhof gefahren. Dabei wären es nicht mal zehn Minuten zu laufen.

Gisa sieht mich an und schüttelt den Kopf.

»Nass wie eine Katze! Wenn es wieder so regnet, holen wir dich ab.«

Der Zug ist samstags nicht so voll wie sonst. Wir bekommen zwei Plätze nebeneinander. Gisa holt eine Tüte mit Keksen aus der Tasche und hält sie mir hin. »Selbst gebacken. Von meiner Großmutter.«

Ich nehme ein paar.

»Gut, nicht?«, sagt Gisa. »Übrigens war ich gestern mit Hannes zusammen. Er hat mir von dir und Sebastian erzählt.«

»So?«, sage ich.

Ich will nicht über Sebastian reden, auch nicht mit Gisa. Stattdessen fange ich von der Chemiesache an. Ich erzähle ihr, was ich vorhabe. Und frage, ob sie mitmachen will.

»Allein geht es nicht«, sage ich. »Wir beide! Und möglichst noch zwei dazu.«

Sie denkt nach. »Schorsch Hübner höchstens. Sonst weiß ich keinen.«

»Vielleicht können wir das Projekt bei ›Jugend forscht‹ anmelden«, sage ich. »Und wenn wir mit Achbacher reden, wegen eines Leistungskurses fürs Abitur . . .«

»Achbacher?« Gisa fährt auf. »Da mache ich nicht mit. Nichts mit der Schule. Ich nicht.«

»Aber Achbacher!«, sage ich. »Finde ich pubertär sich so zu verbeißen. Sei froh, dass einer wie der Achbacher da ist.«

»Na schön, pubertär. Von mir aus.« Gisa wendet sich ab und packt ihre Kekstüte ein. »Ich habe eben ein Trauma. Hättest du auch, wenn du acht Jahre hier zur Schule gegangen wärst.«

Wir sitzen nebeneinander und gucken aus dem Fenster. Ich habe Angst, dass sie beleidigt ist, möchte sie fragen, überlege, wie . . .

»Übrigens«, sagt sie. »Mit diesem Sebastian . . . Entschuldige. Aber schließlich kann ich doch nicht so tun, als ob ich nichts wüsste.«

Sie lächelt mir zu. Ich bin froh, dass sie da ist.

Gegen eins sind Berti und ich wieder zu Hause. Mein Vater kommt kurz nach halb zwei und wir können zusammen Mittag essen.

Es gibt Sülze, Bratkartoffeln und Salat.

»Gute Sülze, Lotti«, sagt mein Vater. »Selbst gekocht ist immer noch am besten.«

»Und der Chef?«, fragt meine Mutter.

Er zuckt mit den Schultern. »Unverändert wahrscheinlich.«

»Wie viele Scheiben kriegt denn jeder?«, erkundigt sich Berti mit einem Blick auf die Platte mit Sülze. »Zwei?«

Meine Mutter nickt.

»Du brauchst nicht so zu schlingen, es ist genug da.«

Aber Berti schlingt weiter, weil er ein besonders dickes Stück anpeilt.

»Er hat ein ›gut‹ in Erdkunde bekommen!«, verkündet meine Mutter.

»Erdkunde?« Mein Vater lächelt Berti aufmunternd zu. »Na, ist ja toll. Dann mach es mal in Englisch auch so. War die Post noch nicht da?«

Berti muss sich von seiner Sülze trennen und zum Kasten gehen. Mit einem Brief in der Hand kommt er zurück. »Für dich, Mama!«

Meine Mutter nimmt den Brief und blickt auf den Umschlag.

»Von Tante Hanni! Diese zittrige Schrift! Na ja, sie wird bald achtzig.«

»Au fein!«, ruft Berti. »Vielleicht schickt sie uns wieder Geld!«

Tante Hanni ist die Schwester meiner Großmutter. Sie lebt in einem Dorf bei Hamburg. Im Krieg, als in München die vielen Bomben fielen, hat meine Mutter fast ein Jahr bei ihr gewohnt, und das, sagt sie, war die schönste Zeit ihrer Kindheit. Tante Hanni war nicht so pingelig wie meine Großmutter. Meine Mutter konnte herumtoben, so viel sie wollte. Noch heute ist sie glücklich, wenn sie davon erzählt.

»Mal sehen, wie's ihr geht«, sagt sie, macht den Brief auf und fängt an zu lesen.

»Sind noch Bratkartoffeln da?«, fragt mein Vater.

»Himmel«, flüstert meine Mutter.

»Wieso Himmel?« Mein Vater schiebt ihr seinen Teller hin. »Ob noch Bratkartoffeln da sind?«

»Moment mal.« Meine Mutter liest weiter und ich stehe auf und hole die Pfanne vom Herd.

»Ist was passiert?«, fragt er, während er sich Kartoffeln auffüllt.

Meine Mutter antwortet nicht gleich. Dann sagt sie: »Tante Hanni will mir tausend Mark schicken!«

»Was?«, ruft mein Vater. »Tausend Mark? Wieso denn das?«

»Sie schreibt, das Geld wird sowieso immer weniger wert. Und sie brauche nichts mehr, da soll ich mir mal eine Freude machen.«

Meine Mutter schluckt und hat Tränen in den Augen. »Lieber mit warmen Händen geben als mit kalten«, schreibt sie.

Mein Vater nimmt den Brief.

»Tausend Mark!«, murmelt er und Berti

kräht: »Toll! Da kann ich ja neue Skistiefel kriegen! Meine sind zu klein. Krieg ich Skistiefel, Mama?«

Meine Mutter antwortet nicht. Sie sieht aus, als hätte sie die Frage nicht gehört.

»Tausend Mark!«, sagt mein Vater. »Also tausend Mark, das ist nicht schlecht. Gerade so viel, wie wir für den Zaun brauchen. Wird auch langsam Zeit. Jeder Hund kann in unsern Garten pinkeln.«

»Ich will aber Skistiefel«, plärrt Berti dazwischen. »Mama, die krieg ich doch?«

Meine Mutter greift nach dem Brief, blickt hinein, legt ihn wieder hin.

»Nein, Berti«, sagt sie. »Keine Skistiefel.«

»Ganz recht«, sagt mein Vater. »Wir brauchen einen Zaun!«

Er schiebt Bratkartoffeln auf seine Gabel und will sie in den Mund stecken.

»Auch keinen Zaun«, sagt meine Mutter. Ihre Stimme klingt anders als sonst, lauter und schriller. Eine ganz neue Stimme.

Berti wird still und mein Vater legt vor Staunen die Gabel wieder hin.

»Was ist denn los, Lotti?«, fragt er.

»Auch keinen Zaun«, sagt meine Mutter noch einmal. »Das Geld brauche ich für mich. Ich will den Führerschein machen.«

»Den Führerschein?« Mein Vater verschluckt sich beinahe. »Du? Wo du kaum die Garage aufschließen kannst?«

Meine Mutter sieht ihn eine Weile stumm an.

»Ich habe es satt«, sagt sie dann, »diese vier Kilometer zum Bahnhof und wieder zurück. Und im Winter womöglich bei Eis und Schnee. Und dass mir das Rad geklaut wird und fremde Leute mich mitnehmen müssen.«

»Du kriegst wieder ein Rad«, sagt mein Vater. »Ich weiß einen Laden, da gibt es gebrauchte.«

»Nein!« Meine Mutter schüttelt den Kopf so heftig, dass ein Haar auf ihren Teller fällt. »Ich will kein gebrauchtes Rad. Ich will den Führerschein machen. Und dich morgens zum Bahnhof fahren und abends abholen und den Wagen tagsüber hier behalten. Und bei schlechtem Wetter die Kinder zur Schule fahren, damit sie nicht stundenlang mit nassen Füßen herumsitzen. Und wenn es schön ist, mal mit ihnen an den See zum Baden. Ich will nicht festgenagelt sein in dieser verdammten Einöde.«

Das »verdammte Einöde« kreischt sie fast.

»So?«, sagt mein Vater ebenfalls ein paar Töne lauter. »Das hast du dir ja prima zurechtgelegt. Aber daraus wird nichts. Wir brauchen einen Zaun.«

Meine Mutter blickt auf ihre kalten Bratkartoffeln.

»Das Geld gehört mir«, sagt sie. »Tante Hanni hat es mir geschenkt. Mir! Und ich will den Führerschein machen.«

»Und meine Skistiefel?«, zetert Berti.

»Halt die Klappe, Berti«, sage ich. »Einmal in deinem Leben!«

Ich sehe meine Mutter an und finde sie gut.

Sie hat rote Flecken auf den Backen und ihre Augen glänzen vor Aufregung. Es muss sie unheimlichen Mut gekostet haben, das alles meinem Vater zu sagen. Und wahrscheinlich weiß sie noch nicht, ob ihr Mut langt um durchzuhalten. Aber sie hat einen Anfang gemacht und das finde ich gut.

»Versteh mich doch, Heinz«, sagt sie. »Einmal muss man doch . . .«

»Kommt nicht in Frage«, unterbricht er sie. »In unserer Situation!«

Er atmet ein paar Mal aus und ein. »Vergiss diese Schnapsidee. Wir haben kein Geld dafür.«

»Moment, Heinz«, sagt meine Mutter. »Ich habe Geld. Und ich mache den Führerschein.«

Mein Vater gibt seinem Teller einen Schubs, dass er quer über den Tisch segelt. Dann fängt er an zu brüllen. Er brüllt nicht oft. Aber wenn er brüllt, dann klirren die Fensterscheiben.

»Blödsinn!«, brüllt er. »Führerschein! Das Geld rausschmeißen! Und ich weiß nicht, wovon ich die Zinsen bezahlen soll. Kommt nicht in Frage! Das werde ich verhindern!«

»Mann, Papa!«, flüstert Berti und kriecht an meine Mutter heran.

Sie legt den Arm um ihn. »Schon gut, Berti. Hab keine Angst.«

»Blödsinn!«, wiederholt mein Vater, aber schon weniger laut. »Wohl nicht mehr bei Trost!«

Sein Gesicht ist rot und verschwitzt und er tut mir Leid.

»Nun reg dich doch ab, Papa«, sage ich.

»Du sollst den Mund halten!«, brüllt er schon wieder los. »Ist das klar? Dir auch, Lotti?«

Meine Mutter sitzt bewegungslos am Tisch, Berti im Arm, vor sich den vollen Teller.

»Achtzehn Jahre lang habe ich immer nur getan, was du wolltest«, sagt sie leise. »Sogar in dieses Kaff bin ich mit dir gezogen. Und jetzt, wenn ich einmal etwas für mich tun will, da tobst du, als ob es das größte Verbrechen wäre. Aber ich mache den Führerschein, ich mache ihn, verlass dich drauf. Und wenn ich ihn habe, dann suche ich mir eine Halbtagsstelle, damit ich ein bisschen was dazuverdiene und nicht so sparen muss und keinen Nervenzusammenbruch mehr kriege wegen einem Paar lumpiger Strumpfhosen.«

Sie stößt einen Seufzer aus, nimmt die Gabel und fängt an ihren Teller leer zu essen.

Mein Vater starrt sie an. Er starrt sie an wie jemanden, der an der Tür steht und den er nicht kennt.

»Mach, was du willst«, sagt er und geht aus dem Zimmer. Die Tür knallt hinter ihm zu, ich höre seine Schritte auf der Treppe, dann ist es still.

Führerschein, Halbtagsstelle. Ich finde es gut. Ich finde, dass meine Mutter Recht hat. Aber vielleicht hätte sie nicht alles auf einmal sagen sollen.

Mein Vater hat nie gewollt, dass meine Mutter arbeitet.

»Nur keine Schlüsselkinder«, hat er gesagt. »Geld ist nicht die Hauptsache, man muss sich nach der Decke strecken.«

Doch inzwischen sind Berti und ich keine kleinen Kinder mehr und eine größere Decke könnte uns wirklich nichts schaden. Ganz abgesehen davon, dass meine Mutter wieder unter Menschen käme. Früher, vor meiner Geburt, war sie Sprechstundenhilfe, vielleicht könnte sie so etwas wieder machen. Ich finde sie gut, diese Idee. Nur meinem Vater, dem hätte man es häppchenweise servieren müssen. Diese dicken Brocken ist er nicht gewohnt.

»Lasst ihr euch jetzt scheiden, Mama?«, fragt Berti weinerlich.

»Wie kommst du denn darauf?«, fragt sie.

»Weil ihr euch so zankt.«

Sie fährt ihm durchs Haar.

»Unsinn, Berti. Krach gibt es überall mal. Du zankst dich doch auch mit deinen Freunden. Und dann verträgt man sich wieder.«

»Wirklich?« Er sieht sie misstrauisch an. »Ich will, dass Papa dableibt.«

Meine Mutter streicht ihm wieder durchs Haar.

»Ich auch, Berti. Es tut mir Leid, dass ihr das alles mit anhören musstet.«

Sie steht auf und deckt den Tisch ab. Ich öffne das Fenster um die Bratkartoffelluft aus der Küche zu lassen. Der Regen rauscht und rauscht. Heute Nachmittag soll ich zu Gisa kommen, da werde ich schon wieder durchweichen. Eigentlich wollte ich meinen Vater bitten mich hinzufahren. Aber das lasse ich jetzt lieber.

Berti sitzt auf der Bank und sieht aus, als ob er nachdenkt. Ich möchte auch wissen, wie es weitergeht bei uns. Wie mein Vater reagiert. Und ob meine Mutter durchhält.

»Und dann verträgt man sich wieder«, hat sie gesagt.

Meine Eltern bestimmt.

Mit Sebastian und mir ist das anders. Mit uns ist es viel zu schnell schief gelaufen.

Er hätte etwas sagen sollen, damals in Ravenna. Oder in Venedig. Oder in den Wochen danach.

»Hör auf«, hätte er sagen sollen. »Eine Mutter reicht mir. Du bist du und ich bin ich.« Etwas in der Richtung. Aber er hat es laufen lassen. Es war schön mit uns und er hat es laufen lassen.

»Er wollte sich doch wieder vertragen«, sagt Gisa. »Nur du nicht.«

»Weil es keinen Sinn hatte«, sage ich.

Wir sitzen in ihrem Zimmer. Mein Vater hat mich hergebracht. Er stand draußen im Regen und grub Löcher für die Thujenhecke.

»Wo willst du denn hin bei dem Wetter?«, fragte er, als ich mein Rad herausholte. »Ich kann dich doch fahren.«

Das Haus, in dem Gisa wohnt, steht an einem Hang über dem Ort. Rodering war früher so klein wie Ellering. Aber wegen des Bahnhofs und der nahen Autobahn ziehen immer mehr Münchner dorthin. Inzwischen gibt es sogar eine Apotheke und eine Bank und schon wieder werden zwei Wiesen verbaut.

Von Gisas Zimmer aus kann man über den Ort blicken: rote Dächer, dahinter das Moor, der Fluss, die Moränenhügel. Wir trinken Tee aus chinesischen Bechern, eine gelbe Kerze brennt.

»Liebst du ihn noch?«, fragt sie.

Ich zucke zusammen bei dem Wort.

»Natürlich tust du das«, sagt sie. »Schade. Andreas Schupf ist ganz scharf auf dich.«

»Der hat mir gerade noch gefehlt«, sage ich. »Mit seinem Autotick!«

Andreas geht in unsere Klasse. Er nimmt alte Autos auseinander und baut neue daraus. Das, in dem er herumfährt, sieht aus wie ein Papagei.

»Wenn du willst, holt er dich bestimmt jeden Morgen ab«, sagt Gisa.

»Ich will aber nicht«, sage ich.

Über die Bahngleise schlängelt sich ein silbriger S-Bahnzug, wird kleiner und kleiner.

»Warum hat Sebastian nicht mal mit mir geredet«, sage ich. »Immer dieses Hinhalten und Vertrösten. Das war doch gemein.«

Gisa spielt mit ihrem Teelöffel, lässt ihn gegen den Becher klirren.

»Gemein? Ich weiß nicht. Vielleicht ist er genauso reingerutscht wie du. Vielleicht hat er es zuerst ganz gut gefunden, was du vorhattest. Vielleicht hatte er Angst vor der Zukunft, und mit dir, das sah so ein bisschen nach Sicherheit aus.«

Sie gießt Tee ein, schiebt mir Milch und Zucker hin.

»Später hat ihm das dann die Luft abgedrückt. Eigentlich gar nicht schlecht. Er hätte dich ja auch ausnützen können.«

»Aber mich so mies zu behandeln«, sage ich.

»Und wenn er dich provozieren wollte?«, fragt Gisa. »Damit du dich endlich wehrst?«

Venedig fällt mir ein, der Markusplatz, das rote Pferd. Sebastian hatte es in einem Schaufenster gesehen, in einer der vielen Gassen. Ein Pferd aus rotem Glas, die Vorderhufe in der Luft, den Kopf mit der Mähne zurückgebogen.

»Hübsch, nicht?«, sagt er. »Aber es kostet zu viel.«

Und dann, am Nachmittag, als wir vom Markusplatz zum Auto gehen wollen: »Eigentlich möchte ich es mir doch noch kaufen.«

»Was?«, frage ich.

»Das rote Pferd. Weißt du noch, wo der Laden war?«

Ich schüttele den Kopf. Ich bin so kaputt von der Hitze. Ich mag nicht mehr herumlaufen.

»Komm«, sagt Sebastian. »Wir finden es schon.«

Die Suche nach dem roten Pferd: Wir laufen durch Gassen, über Brücken und Plätze. Die Luft steht zwischen den Mauern, fauliger Dunst steigt aus den Kanälen. »Ich kann nicht mehr«, sage ich, aber Sebastian läuft weiter. An einer

119

der Brücken sitzt eine Frau, zerlumpt, mit wirrem grauen Haar. Sie zieht einen Schuh aus, zieht ihn wieder an, zieht ihn aus und an, aus und an. »Hier waren wir schon«, sage ich. »Die Frau haben wir schon gesehen. Und mir ist schlecht.«

»Der Laden muss ganz in der Nähe sein«, behauptet Sebastian, aber der Laden ist nicht da und wir laufen weiter, im Kreis herum, wieder zu der Brücke mit der irren Frau, immer durch dieselben Gassen, bis ich mich übergeben muss.

Da hört Sebastian endlich auf. Es tut ihm Leid. Er entschuldigt sich, ist ganz verzweifelt und ich bin es, die ihn tröstet.

»Ist doch nicht so schlimm«, sage ich.

Später hat er sich nicht einmal mehr entschuldigt.

»Du hast Recht«, sage ich zu Gisa. »Ich habe mir immer mehr gefallen lassen. Und dann war es zu spät.«

»Besser ein Ende mit Schrecken«, sagt sie. »Nächstes Mal machst du es besser.«

»Nächstes Mal?« Ich schüttele den Kopf und spüre wieder, wie gut es war mit Sebastian, wie wir nebeneinander liegen, wie er mich streichelt und zärtlich ist. Ich hatte immer Angst gehabt. Zusammen schlafen, wie ist das, tut es weh, und was kommt hinterher. Mit Sebastian, damals im Bootshaus, war es so selbstverständlich, nicht einmal sensationell, nur wieder mehr von uns. Nein, ich will keinen andern. Ich versuche es

Gisa zu sagen: Dass Sebastian war, was ich brauchte, mit seinen Zweifeln und Fragen und Antworten, und wie sich das ausdrückte in seiner Art zu gehen und zu lächeln, den Kopf zu heben, mit mir zu sprechen, mich anzusehen, zärtlich zu sein. Er war genau das, was ich brauchte. Ob sie es verstanden hat?

»Komm, wir gießen neuen Tee auf«, sagt sie und wir gehen in die Küche.

»Verstehst du das?«, frage ich.

»Doch«, sagt sie. »Und ich bin froh, dass du hierher gezogen bist.«

Ich drehe den Kopf weg. Es ist mir immer peinlich, wenn etwas so direkt kommt. Eigentlich albern. Warum soll man es nicht sagen?

»Machst du mit bei der Chemiesache?«, frage ich.

Sie gießt Wasser in die Teekanne.

»Nicht, wenn Achbacher dabei ist.«

»Gisa!«, sage ich. »Den Achbacher brauchen wir. Es wird gut, bestimmt. Verbau das doch nicht.«

Sie steht da, die Kanne in der Hand. »Ich weiß, was du denkst. Pubertär! Stimmt's?« Sie lacht und geht vor mir her in ihr Zimmer.

Gegen Abend holt mich mein Vater wieder ab. Es regnet nicht mehr. Der graue Himmel reißt auf, die Maisfelder glänzen in der untergehenden Sonne.

»Eigentlich schön hier«, sage ich.

»So?« Mein Vater ist schweigsam, nicht zum Reden aufgelegt.

»Hast du die Thujen in die Erde gekriegt?«, frage ich.

Er schüttelt den Kopf. »So schnell geht das nicht.«

Schweigen.

»Mama hat doch Recht mit dem Führerschein«, sage ich. »Es wäre alles viel leichter für sie.«

Er antwortet nicht. Wir sind auch schon zu Hause.

Aus dem Wohnzimmer kommt ein durchdringender Heulton. Berti ist in Stacheldraht gefallen. Zwei lange, tiefe Wunden am linken Arm.

»Es tut so weh!«, brüllt er. »Es tut so weh!«

»Wie hast du das denn fertig gebracht?«, fragt mein Vater. »Gleich doppelt! Ein anderer würde das gar nicht schaffen.«

»Es tut so weh!«, brüllt Berti.

»Wir müssen zum Arzt«, sagt meine Mutter. »Er braucht eine Tetanusspritze. Stacheldraht ist gefährlich.«

»Unsinn!« Mein Vater sieht sich die Wunde an. »Tu Jod drauf.«

»Jod hilft nicht gegen Tetanus«, sagt meine Mutter. »Hast du noch nie was von Wundstarrkrampf gehört? Soll Berti vielleicht . . .«

Sie bricht den Satz ab. Berti brüllt noch lauter und mein Vater sagt, dass er früher auch keine Tetanusspritzen bekommen habe.

»Dafür bin ich nicht verantwortlich«, sagt meine Mutter. »Wir fahren jetzt nach Rodering, der Arzt dort hat Sonntagsdienst.«

Sie nimmt Berti unter den Arm und geht mit ihm in Richtung Garage.

»Stell schon das Abendbrot hin, Bine«, ruft sie mir zu.

Mein Vater zögert. Wir hören, wie das Garagentor aufklappt. Er schüttelt den Kopf und setzt sich in Bewegung.

Ich decke den Tisch und sehe eine Weile fern. Dann fällt mir ein, dass ich die Gelegenheit ausnutzen muss, und rufe Monika in München an. Sonst geht das nicht. Auf Ferngespräche reagiert meine Mutter geradezu hysterisch.

»Die Telefonrechnung, Bine! Die Telefonrechnung!«

»Schade, dass du nicht hier bist!«, sagt Monika. »Marion gibt heute ein Fest. Die hatte doch gestern Geburtstag.«

»So?« Ich fühle mich ausgestoßen, weit weg, in die Wüste geschickt.

»Gestern habe ich Sebastian gesehen«, sagt Monika. »Mit Hannes Ritter und Suse Fuchs. Die war doch schon immer scharf auf ihn.«

»Von mir aus«, sage ich. »Berti ist übrigens gerade in Stacheldraht gefallen.«

»Der fällt doch immer irgendwo rein«, sagt Monika. »Was machst du heute Abend?«

»Weiß ich noch nicht«, sage ich. »Mal sehen.«

Wir schweigen.

»Also dann«, sage ich. »Ich glaube, sie kommen vom Arzt zurück. Ruf mich mal an.«

»Klar«, sagt Monika. »Und wenn mal schönes Wetter ist, besuchen wir dich. Ist fest eingeplant.«

Das hat sie schon ein paar Mal gesagt.

Draußen klappt das Garagentor. Berti marschiert ins Haus, mit einem dicken Verband am Arm.

»Ich habe eine Spritze in den Hintern gekriegt«, verkündet er. »Und von Papa eine Mark.«

»Du musst öfter mal in Stacheldraht fallen«, sage ich.

Das Abendessen verläuft sozusagen zweigleisig.

Berti ist in Hochstimmung. Immer wieder schildert er den denkwürdigen Unfall – »Ich renne hinter dem Beni her und auf einmal, boing, der Scheißstacheldraht!« – und drückt schließlich die Hoffnung aus, für einige Zeit vom Schreiben befreit zu werden.

»Aber deinem rechten Arm fehlt doch nichts«, sagt meine Mutter.

Berti macht ein leidendes Gesicht.

»Ich glaube, ich darf mich nicht so anstrengen.«

»Doch, du darfst«, sagt mein Vater und wir alle lachen.

Das ist das eine Gleis. Familienleben nach blutigem Zwischenfall.

Auf dem anderen bewegen sich meine Eltern, nur sie beide. Sie lachen, aber sie sehen sich nicht an. Mein Vater spricht mit Berti, meine

Mutter spricht mit Berti, miteinander sprechen sie nicht.

»Was habt ihr denn?«, fragt Berti unvermittelt.

»Wieso?« Meine Mutter tut verwundert.

»Ich weiß nicht.« Berti blickt ratlos vor sich hin. »Ich finde euch so komisch.«

»Das kommt wohl von der Spritze«, sagt mein Vater. »Leg dich ins Bett.« Er steht auf.

»Ich habe noch im Keller zu arbeiten. Nächste Woche kommen die Fußbodenplatten für den Hobbyraum.« Ohne einen Blick auf meine Mutter verlässt er das Zimmer.

Ich will ebenfalls gehen.

»Moment, Bine«, sagt meine Mutter. »In der Aufregung habe ich es ganz vergessen. Sebastian hat angerufen.«

Ich halte die Türklinke in der Hand, rühre mich nicht.

»Sebastian! Er hat gesagt, du möchtest zurückrufen.« Sie lächelt mir ermutigend zu. »Wenn ich du wäre, würde ich es tun.«

»Du bist nicht ich«, sage ich und schlage die Tür zu.

Sebastian! Seit Monaten kein Wort und plötzlich der Anruf. Ob etwas passiert ist? Vielleicht ist er krank?

Ich nehme meine Jacke, renne in die Garage, hole mein Rad und fahre los. Zur Telefonzelle. Keiner soll zuhören, wenn ich zum ersten Mal wieder mit Sebastian spreche.

Die Dorfstraße ist leer. Hinter den Stallfens-

125

tern brennt Licht, dort wird gemolken. In der Telefonzelle steht jemand, so ein dunkler Typ, ein Türke wahrscheinlich. Er redet und redet. Nur wenn er an der Zigarette zieht, macht er eine Pause.

Was tut ein Türke in Ellering?

Er hat ein dunkelbraunes Jackett an, mit hellen Streifen. An irgendetwas erinnert er mich.

Ob Sebastian auf meinen Anruf wartet? Hoffentlich ist der Türke bald fertig.

Woran erinnert er mich? Wahrscheinlich an einen Türken. Sie sehen sich alle irgendwie ähnlich.

Sebastian. Drei Monate ist es her, seit wir den Krach hatten, damals in der Leopoldstraße. Ich laufe die Straße entlang, laufe, laufe ...

Jetzt weiß ich, woran mich der Türke in der Zelle erinnert: an den Türken von der Leopoldstraße! Mit dem ich zusammengestoßen bin. Den ich stehen gelassen habe ohne mich zu entschuldigen, und Sebastian sitzt vor dem »Venezia« und sagt: »Ich darf zu spät kommen, du nicht.« Und sagt: »Wenn du dich so anklammerst...« Und sagt: »Such dir was, das dir wichtig ist. Außer mir.«

Der Türke kommt aus der Telefonzelle.

»Da hamse aber lange warten müssen, Frollein«, sagt er. »Entschuldijense man.«

Der Türke ist ein Berliner.

Ich gehe in die Zelle, greife nach dem Hörer. Er ist noch warm. Plötzlich ekele ich mich davor, ihn an mein Ohr zu drücken.

Sebastians Gesicht, fremd und abweisend: »Ich kann doch nicht alles hinschmeißen, bloß wegen einem Mädchen ...«

Ich hänge den Hörer wieder auf. Ich will Sebastian nicht anrufen. Es hat sich nichts geändert in den drei Monaten. Ich kann nicht wieder von vorn anfangen. Ich habe mit Gisa gesprochen. Habe etwas vor. Will Boden unter die Füße bekommen. Und nicht wieder voll laufen mit Sebastian.

Ich mache die Telefonzelle hinter mir zu, nehme mein Rad, fahre nach Hause. Es ist dunkel inzwischen. Der Regen hat noch nicht wieder angefangen.

Ein merkwürdiges Gefühl: als ob ich endlos auf der Stelle getreten bin. Wie im Traum, wenn man läuft und läuft und trotzdem am Boden kleben bleibt. Und auf einmal ist das vorbei. Ich bewege mich wieder.

Zu Hause stelle ich mich wieder vor den Spiegel und suche in meinem Gesicht. Ist etwas anders geworden? Nein, alles wie vorher, der gleiche Mund, die gleichen Augen, das gleiche Lachen. Und die Haare, die darüber fallen.

Ich werde zum Friseur gehen und sie abschneiden lassen. Meine Narbe ist verblasst, man sieht fast nichts mehr. Und wenn schon.

Sonntagnachmittag. Wir sitzen im Wohnzimmer, meine Mutter und ich. Die Terrassentür ist geöffnet, der Garten voll Sonne. Ich sehe den gebeugten Rücken meines Vaters. Er pflanzt immer noch Thujen.

»Nimm Kaffee, Mama«, sage ich. »Und iss endlich was.«

Ich schiebe ihr den Kuchenteller hin. Sie schüttelt den Kopf, trinkt nur einen Schluck. Sonst isst sie bei Stress ununterbrochen. Aber heute geht es um Berti, da gilt nicht mehr, was sonst galt.

Vor dem Frühstück war noch alles in Ordnung. Ich hatte mich unter die Dusche gestellt, frische Jeans angezogen und eine helle Bluse, weil endlich die Sonne schien. Meine Mutter stand schon in der Küche, als ich kam, in ihrem blauen Morgenrock, ein rotes Kopftuch über den Lockenwicklern. Ich schnitt den Streuselkuchen in Streifen, legte ihn auf die Platte, ging in den Keller um eine Milchbüchse zu holen. Inzwischen war auch mein Vater da.

»Riecht gut nach Kaffee«, sagte er und rieb sich die Hände. Dann fiel ihm offenbar ein, dass er mit seiner Frau Krach hatte.

»Wo steckt denn Berti?«, fragte er mürrisch.

»Ich glaube, er schläft noch«, sagte meine Mutter.

»Der soll sich das nicht angewöhnen«, sagte mein Vater. »Sonntags wird zusammen gefrühstückt.«

Meine Mutter goss Kaffee ein.

»Lass ihn doch, Heinz. Er muss jeden Tag so früh raus.«

Sie schob ihm den Kuchenteller hin.

Er musterte die übereinander geschichteten Stücke und nahm sich eins mit besonders vielen Streuseln.

»Früh aufstehen hat noch keinem geschadet. Morgenstund hat . . .«

Weiter kam er nicht. Die Tür ging auf und Berti taumelte herein, Berti mit rotem, gedunsenem Gesicht und verquollenen Augen.

»Mein Arm!«, wimmerte er. »Und mir ist so schlecht. Ich habe schon das ganze Bett voll gekotzt.«

Er setzte sich auf den Fußboden. Der Geruch von seinem verschmierten Pyjama kam bis an den Tisch.

»Um Gottes willen!«, rief meine Mutter. Sie sprang auf und lief zu ihm hin. »Er glüht! Was ist denn, Berti?«

»Mein Arm«, wimmerte er wieder und sie riss den Pyjama auf, einfach in der Mitte. Da sahen wir es: Dick und hart kam der Oberarm aus dem Verband heraus. Ein feuriger Streifen lief bis zur Schulter.

»Himmel«, flüsterte meine Mutter.

Mein Vater setzte sich in Bewegung.

»Wickel ihn in eine Decke. Ich hole das Auto. Wir müssen ihn ins Krankenhaus bringen.«

Ich rannte ins Wohnzimmer und griff nach der Sofadecke. Im Vorbeigehen machte ich ein Küchenhandtuch nass und wusch Bertis Brust ab. Meine Mutter versuchte ihn auf die Beine zu stellen. Es ging nicht.

Draußen hörte ich den Motor, dann wieder

die Schritte meines Vaters. Er nahm Berti auf den Arm und trug ihn zum Wagen. Meine Mutter hielt seine Hand. Ihr Morgenrock war aufgegangen und flatterte im Wind. Ich riss ihren Mantel von der Garderobe und rannte ebenfalls zum Auto.

»Bleib zu Hause, Bine«, sagte mein Vater. Aber ich setzte mich neben ihn. Hinten saß meine Mutter, Berti im Arm.

Fünfzehn Minuten später waren wir im Bruckauer Krankenhaus. Berti wurde auf eine Bahre gelegt und weggebracht. Wir warteten unten in der Halle. Meine Mutter hatte den Mantel angezogen. Der Morgenrock hing über ihrem Arm. Wortlos saß sie da. Ihr Gesicht unter dem roten Kopftuch war fast so weiß wie die Kittel, die vorbeiliefen.

»Soll ich versuchen, ob ich einen Kaffee für dich kriege?«, fragte mein Vater.

Sie schüttelte den Kopf.

»Ich weiß, was Berti hat«, sagte sie. »Blutvergiftung.«

Mein Vater legte seine Hand auf ihre und sie waren wieder still.

Schließlich kam ein Arzt. Ein ganz junger. Er war gerade dabei, sich einen Bart zu züchten.

»Ihr Sohn hat eine Sepsis«, sagte er. »Blutvergiftung.«

Meine Mutter nickte.

»Schlimm?«, fragte sie leise.

»Kein Spaß, wollen wir mal sagen. Aber wir tun, was wir können. Keine Sorge.«

Er lächelte meiner Mutter und mir zu. Hauptsächlich mir. Wahrscheinlich fand er Blutvergiftung nicht interessant und Berti war auch nicht sein Sohn oder sein Bruder.

»Sind Sie etwa der einzige Arzt hier?«, fragte ich.

»Wieso?« Er grinste schon wieder. »Nein, natürlich nicht. Ich mache nur die Aufnahme. Der Kleine ist auf die chirurgische Abteilung gekommen.«

»Warum?«, fragte mein Vater.

Weil es eine Unfallfolge sei, und mehr könne er im Moment wirklich nicht sagen. Wir sollten später noch mal anrufen. Oder abends wiederkommen.

Inzwischen haben wir schon dreimal mit dem Krankenhaus telefoniert. Immer die gleiche Antwort: keine Veränderung. Es würde alles getan. Nein, keine Besuche. Das Kind sei nicht ansprechbar.

Meine Mutter sitzt wie erstarrt am Tisch. Mein Vater pflanzt Thujen, in einem Tempo, als müsste er damit gegen Bertis Blutvergiftung ankämpfen.

»Iss was, Mama«, sage ich. »Sonst klappst du noch zusammen.«

Ich halte ihr ein Stück Kuchen vor den Mund. Sie nimmt einen Bissen, kaut.

»Nicht ansprechbar«, sagt sie. »Was meinen die damit?«

»Wahrscheinlich bewusstlos«, sage ich. »Bei dem Fieber!«

Ich stelle mir vor, wie er daliegt, auf dem Rücken, ganz still, nur so ein Röcheln. Und dass er vielleicht . . .

Nein, nicht daran denken.

»Mir kommt es vor, als ob das von heute Morgen schon vier Wochen her ist«, sagt meine Mutter. »Mindestens.«

Ich nicke. Mir geht es genauso.

»Und gestern erst«, sagt sie. »Das war vor einer Ewigkeit. Da habe ich mich mit Papa wegen tausend Mark gestritten.«

Ich nicke wieder.

»Führerschein!« Sie sieht mich an und schüttelt den Kopf. »Weißt du, ich habe ein furchtbares Gefühl. Als ob ich bestraft werden soll. Weil ich mich über so einen Mist aufgeregt habe. Statt dankbar zu sein. Gesunde Kinder, einen guten Mann, ein Dach über dem Kopf für uns alle . . .«

Sie spricht leise und verzweifelt.

»Aber das ist doch Unsinn, Mama«, sage ich und versuche ihr klarzumachen, dass überhaupt kein Zusammenhang bestünde zwischen dem Führerschein und dem Stacheldraht. Und Scharen von Frauen noch ganz andere Sachen täten, ohne dass ihre Kinder Blutvergiftung kriegten. Rechtsanwältinnen! Ärztinnen! Bundestagsabgeordnete!

»Dafür gibt es doch keine Strafe des Himmels«, sage ich.

»Die sind auch nicht ich«, sagt sie und ich fange wieder von vorn an: dass genau das Gegenteil richtig sei. Dass der Führerschein für uns alle gut wäre, für die ganze Familie.

»Stell dir vor, so was wie heute wäre an einem Wochentag passiert«, sage ich. »Und Papa in München! Wer hätte denn Berti ins Krankenhaus bringen sollen? Der Krankenwagen von Bruckau, der braucht doch eine Ewigkeit, bis er hier ist. Oder Papa wird mal krank und muss zum Arzt...«

Ich rede und rede. Ich will sie herausholen aus diesem Loch.

»Berti wird gesund, Mama. Und du machst den Führerschein und fährst mit ihm an den See zum Baden!«

Sie steht auf, geht ans Fenster. »Und wenn er nicht wieder gesund wird?«

»Meine Mutter ist auch so«, sagt Gisa. »Sowie einer von uns krank wird, gibt sie sich die Schuld. Dass sie uns nicht richtig ernährt. Oder nicht dafür sorgt, dass wir uns warm genug anziehen. Oder uns nicht zur Vorsicht und Wachsamkeit erzogen hat. Ewig läuft sie mit schlechtem Gewissen herum. Ob uns das später auch so geht? Da möchte ich lieber keine Kinder kriegen.«

Ich schon. Kinder. Einen Beruf. Einen Mann, der mir hilft, dass ich kein schlechtes Gewissen habe. Ob es das gibt?

»Weißt du«, sagt Gisa, »manchmal denke ich, unsere Großmütter hatten es besser. Die brauchten sich solche Gedanken nicht zu machen.«

Das ist am Montag. Gisa und ich sitzen in der S-Bahn und Berti geht es besser, viel besser, als wir gestern Abend im Krankenhaus zu hoffen wagten.

Da standen wir vor seinem Zimmer und konnten kaum atmen vor Angst.

»Die Medikamente fangen allmählich an zu wirken«, sagte die Stationsschwester. »Wir müssen Geduld haben.«

»Kann ich ihn sehen?«, fragte meine Mutter und legte die Hand auf die Klinke.

Die Schwester versuchte sie zurückzuhalten. »Lieber nicht. Er ist gerade zu sich gekommen. Er darf sich nicht aufregen.«

Meine Mutter sah aus, als ob sie notfalls durch die Türfüllung gehen würde.

»Rufen Sie morgen an«, sagte die Schwester. »Um halb sieben. Fragen Sie nach mir, Schwester Gertrud.«

Sie nahm die Hand meiner Mutter von der Klinke und behielt sie in ihrer.

»Morgen früh kann es schon viel besser aussehen, dann kommen Sie gleich her. So ein kräftiger Junge, der hat Reserven.« Sie ließ die Hand los. »Glauben Sie mir, ich kenne das.«

Meine Mutter lehnte sich an die Wand und schloss die Augen.

Jetzt klappt sie zusammen, dachte ich.

»Komm, Lotti«, sagte mein Vater mit einer ganz anderen Stimme als sonst. »Du musst nicht solche Angst haben.«

Er zog sie von der Wand weg und legte den

Arm um ihre Schultern. So gingen sie vor mir her, durch den langen weißen Gang, die Treppe hinunter und zum Auto.

Erst gestern Abend war das. Ein schrecklicher Abend. Wir saßen im Wohnzimmer, keiner sagte etwas, keiner tat etwas. Als das Telefon klingelte, fing meine Mutter so an zu zittern, dass ihre Zähne aufeinander schlugen.

Es war Gisa. Ich erzählte ihr, was passiert war. Nach fünf Minuten rief sie noch einmal an. Ihre Mutter, sagte sie, würde meine Mutter jederzeit ins Krankenhaus fahren. Weil mein Vater doch sicher ins Geschäft müsse. Sie brauche nur anzurufen.

»Das ist nett«, sagte meine Mutter. »Danke.«

Es war fast das Einzige, was sie an diesem Abend sagte.

Am nächsten Morgen standen wir um halb sieben am Telefon. Meine Mutter hatte den Hörer am Ohr. »Ja«, sagte sie. »Ja . . . ja . . . wann?«

Dann ließ sie den Hörer aus der Hand fallen.

»Es geht ihm besser. Die Schwester sagt, er kommt durch.«

Sie weinte. Mein Vater weinte. Ich weinte. Eine große Heulerei. Berti. Mein kleiner Bruder. Später muss ich ihm das erzählen.

»Mann!«, wird er sagen. »Und alles wegen mir. Toll!«

Am Freitag kann ich endlich zu Berti gehen. Vorher durfte nur meine Mutter ihn besuchen.

Berti liegt in einem weißen Zimmer in einem weißen Bett. Er selbst ist auch weiß. Weiß und dünn.

»Mann, Bine!«, sagt er mit ungewohnt leiser Stimme.

»Berti!«, sage ich und setze mich auf die Bettkante.

»Da darf man nicht sitzen«, sagt der Junge im Nachbarbett. »Hol dir lieber einen Stuhl, sonst schimpft Schwester Gertrud.«

»Das ist der Clemens«, sagt Berti. »Der ist in kochendes Wasser gefallen. Er ist seit acht Wochen hier. Schöner Scheiß, was?«

Meine Mutter hatte uns schon von ihm erzählt. Ich nicke ihm zu. Er sieht aus wie vier, ist aber sieben.

»Die machen mir immer wieder neue Haut drauf«, sagt er. Sein Gesicht ist so ernst, als ob er noch nie gelacht hätte.

»Wie geht's dir denn, Berti?«, frage ich und hole eine Tafel Nussschokolade heraus.

»Nicht mehr so kotzig«, sagt er. »Mann, noch mal falle ich nicht in Stacheldraht. Weißt du überhaupt, was ich hatte?«

»Blutvergiftung«, sage ich.

»Sepsis«, verbessert er. »Das nennt man Sepsis. Toll, was?«

Er blickt auf die Schokolade.

»Mama hat mir auch schon welche mitgebracht. Gib die mal dem Clemens. Dem seine Mutter kann bloß alle vierzehn Tage kommen, die wohnt so weit weg und hat kein Geld.«

»Mein Papa hat sie sitzen lassen«, sagt Clemens.

Ich gebe ihm die Schokolade.

»Danke«, sagt er und lächelt immer noch nicht.

Dafür grinst Berti.

»Die haben diese Woche Mathe geschrieben. Und ich brauchte nicht.«

»Spinner«, sage ich. »Lieber eine miese Note als das hier.«

Er sieht mich zweifelnd an.

»Das sagt ihr jetzt. Aber wenn ich wirklich eine geschrieben hätte? Wau!«

Ich beuge mich über ihn und gebe ihm einen Kuss. »Ich glaube, du wirst bald ganz gesund, Berti.«

»Was hast du denn?«, fragt er und wischt sich die Lippen ab.

Schwester Gertrud kommt herein und meint, dass ich jetzt gehen solle.

»Kommst du morgen wieder?«, fragt Berti. Ich nicke.

»Clemens möchte so gern ein Stofftier haben«, sagt er. »Du kannst ihm meinen alten Muckel mitbringen. Oder willst du lieber den Affen, Clemens?«

»Den Muckel«, sagt Clemens.

»Also den Muckel.« Berti stößt einen Seufzer aus. »Mein Hintern tut mir so weh vom Liegen.«

Ich streichle ihn. »Du kommst bald nach Hause, Berti.«

Er sieht müde aus und so, als ob er am liebsten weinen möchte.

»Nun gehen Sie schon«, sagt Schwester Gertrud und schiebt mich aus dem Zimmer. Draußen bleibt sie noch einen Moment bei mir stehen.

»Wissen Sie«, sagt sie. »Am Sonntag, da habe ich gedacht, er schafft es nicht. Da war sein Kreislauf so herunter. Dieser Stacheldraht muss ihm etwas Fürchterliches ins Blut gebracht haben. Und zuerst hat er kaum auf die Antibiotika reagiert.«

Sie lächelt mich an. »Wie man sich manchmal irrt. Ein zäher kleiner Bursche. Jetzt hat er schon den Clemens adoptiert.«

Sie ist ungefähr so alt wie meine Mutter. Was sie wohl denkt, wenn sie diese kranken Kinder sieht? Und wenn dann tatsächlich eins stirbt?

Unten beim Eingang ist eine Telefonzelle. Ich rufe meinen Vater im Geschäft an und erzähle ihm von Berti und Clemens und was die Schwester gesagt hat.

Als ich in Rodering aus der S-Bahn steige, springt mir ein Plakat ins Auge: Fahrschule Ilgner. Sämtliche Klassen. Rodering, Bahnhofsweg 42.

Ich habe es schon vorher gesehen, aber nie richtig zur Kenntnis genommen.

Ich muss es meiner Mutter sagen. Sie soll sich anmelden.

6

Meine Mutter hat eine Neuigkeit aus dem Dorf-
laden mitgebracht: Ellering soll kanalisiert werden.

»Wahrscheinlich schon bald, sagt Frau
Machtl«, berichtete sie gestern beim Abendessen.

Frau Machtl ist die Ladenbesitzerin und weiß
angeblich alles.

»Wenn das stimmt«, sagte mein Vater, »dann
kostet es ein Vermögen. Mindestens zehntausend.«

Er hatte eine weiße Nase vor Schreck und ich
musste daran denken, wie unwichtig uns das
vor zwei Wochen gewesen wäre. Aber jetzt sitzt
Berti wieder mit am Tisch, und was ist das
große Problem? Unsere Finanzen.

Vorgestern haben wir Berti aus dem Krankenhaus geholt. Die Wunde an seinem Arm ist
fast verheilt. In ein paar Tagen könnte er zur
Schule gehen. Aber er gibt sich noch etwas
Schonzeit.

Den Clemens hätte er am liebsten mitgebracht.

»Wenn du gesund bist, kommst du zu uns,
Clemens«, hat er beim Abschied gesagt. »Darf
er doch, Mama? Er kann auch in meinem Bett
schlafen, ich hab ja die Luftmatratze. Also, Clemens, du kommst! Und dann zeig ich dir alles.«

Clemens hat genickt. Und sogar gelächelt. Aber er kann wohl nicht kommen. Schwester Gertrud hat gesagt, dass er sterben wird. Nicht ganz so deutlich, aber wir haben es verstanden.

Berti braucht es nicht zu wissen. Er besucht ihn noch ein paar Mal im Krankenhaus, dann sagen wir ihm, dass Clemens in ein anderes Krankenhaus verlegt worden sei. Allmählich wird Berti ihn vergessen. Der Moser Beni kommt jeden Tag und zur Schule muss er auch wieder gehen.

»Damit ist der Schreck in der Morgenstunde endgültig erledigt«, hat mein Vater gesagt, als er Berti aus dem Auto half. »Mach das bloß nicht noch mal, Junge, das wäre zu viel.«

Es sollte fröhlich klingen, aber das klappte nicht richtig. Ich glaube, seine Sorgen werden immer schlimmer, auch in der Firma. Der alte Möller kann wahrscheinlich nicht wieder arbeiten. Es heißt, dass der Junior den Laden übernehmen soll.

»Ausgerechnet der!«, sagt mein Vater. »Der kennt nicht mal den Unterschied zwischen Nussbaum und Eiche.«

Und jetzt noch die Kanalisation. Zehntausend Mark!

»Vielleicht könnten wir noch Geld aufnehmen«, meinte meine Mutter und mein Vater fing erbittert an zu lachen.

»Klar! Aufnehmen! Immer mehr Schulden! Darin haben wir ja Übung.«

»Also, ich kann nichts dafür«, sagte meine Mutter, mit der Betonung auf »ich«. Die tausend Mark von Tante Hanni hingen mal wieder im Raum.

Berti blickte kurz zu ihr hin und wieder auf seinen Teller. Es gab Leber mit Zwiebeln, und während er möglichst schnell seine Zwiebeln verschlang um eventuell noch meine zu bekommen, sagte er: »Bei Clemens zu Hause gibt's manchmal bloß Kartoffeln mit gar nichts, weil seine Mutter kein Geld hat. Aber dem Clemens ist ja auch der Vater weggelaufen und du bist da, Papa.«

Ich merkte, wie mein Vater schluckte.

»Klar, Berti«, sagte er. »Und bei uns soll es auch immer Kartoffeln mit was dazu geben. Wir schaffen es schon. Kommen wir übern Hund, kommen wir übern Schwanz.«

Wir schaffen es schon. Und sein Gesicht dabei.

Der Mann, der unser Haus gebaut hat, konnte die Zinsen nicht mehr bezahlen und musste es verkaufen. Ich kenne ihn nicht. Aber ich kann mir denken, dass es schlimm für ihn war. Ein Haus bauen und andere ziehen ein.

In unseren Garten kommt langsam Leben. Alles, was mein Vater gesät und gepflanzt hat, wächst: Gras, Blumen, Büsche. Und die Bäume vor allem, winzige Bäume, Tannen, Ahorn, Buchen, eine Weide, sämtlich aus dem Wald geholt.

»Nicht aus der Schonung!«, hat mein Vater

versichert, als er sie anschleppte. »Nur solche, die vom Wind ausgesät worden sind.«

»Sind die geklaut, Papa?«, wollte Berti wissen und meine Mutter ist beinahe in die Luft gegangen.

»Ein für alle Mal, Berti, dein Vater stiehlt nicht! Auch keine Bäume!«

Also, ich bin da nicht ganz sicher. Aber es gibt so viele Bäume im Wald, warum sollen die paar kleinen nicht hier im Garten groß werden. Manchmal kommt es mir vor, als ob mein Vater sie genauso liebt wie uns. Jeden Abend dreht er seine Runde, geht von einem zum andern, erkundigt sich nach dem Befinden, sorgt sich, freut sich.

An manchen Tagen habe ich meinen Vater beinahe gehasst wegen dieses Hauses. Und ich glaube immer noch nicht, dass er das Recht hatte, uns nach Ellering zu verschleppen. Aber trotzdem möchte ich, dass er seine Bäume behält.

Wieder fortzumüssen, das wäre für ihn dasselbe, als ob man Sebastian seine Geige wegnähme.

Sebastians Geige. Eigentlich fange ich erst jetzt an zu begreifen, was sie für ihn bedeutet. Ausgerechnet durch meinen Vater und seinen Garten.

»Doch, ich verstehe es«, hatte ich gesagt, damals an der Isar.

Wir waren mit dem Rad hinausgefahren, am Samstag. Unser erster gemeinsamer Samstag.

Wir kannten uns eine knappe Woche und hatten uns noch nie außerhalb der Schule getroffen. Morgens um acht rief Sebastian bei mir an. Ich lag noch im Bett, aber ich rannte sofort zum Telefon. Jedes Mal, wenn es klingelte, tat ich das, in der Hoffnung, es könnte Sebastian sein.

»Hast du Lust ein bisschen rauszufahren?«, fragte er. »An die Isar?«

Mir fiel fast der Hörer aus der Hand. Die ganze Woche hatte ich auf so etwas gewartet, immer, wenn wir in den Pausen zusammenstanden oder wenn er mich von der Schule nach Hause brachte. Meistens gingen wir ein paar Mal hin und her: Erst ich wieder mit ihm zurück, und dann musste er noch einmal umkehren, weil wir mit unseren Gesprächen nicht zu Ende kamen. Aber nie fragte er: »Hast du heute Zeit? Kann ich dich besuchen? Wollen wir ins Kino gehen? Eis essen? Zum Baden?« Nichts. Und jetzt, morgens um acht: »Hast du Lust ein bisschen rauszufahren . . .«

»Wann denn?«, frage ich.

»Gleich. In einer halben Stunde hole ich dich ab.«

»Konntest du das nicht gestern sagen?«, frage ich. »Jetzt habe ich mich schon mit Monika verabredet.«

»Gestern wusste ich es noch nicht«, sagt er. »Schade. Ich dachte, du hättest Zeit.«

Ich antworte nicht. Ich finde es eine Zumutung und könnte trotzdem an die Decke springen vor Freude.

»Hab doch Zeit«, sagt er. »Monika ist nicht so wichtig.«

»Du bist ganz schön arrogant«, sage ich. »Das hat sie schon immer behauptet.«

»Also in einer halben Stunde«, sagt er.

Ich rase unter die Dusche, wasche schnell noch die Haare, ziehe mich an, telefoniere mit Monika.

»Von mir aus«, sagt sie. »Aber dass du dir das bieten lässt von dem Typ. Viel Spaß.«

Meine Mutter schüttelt ebenfalls den Kopf.

»Scheint ein merkwürdiger Mensch zu sein. Überhaupt, so allein losfahren. Warum nehmt ihr Monika nicht mit?«

»Also Mama!«, sage ich.

»Du bist erst sechzehn. Papa wäre das bestimmt nicht recht.«

»Ich weiß«, sage ich. »Zu Omas Zeiten tat man so was nicht.«

»Was tat man da nicht?«, erkundigt sich Berti. Wahrscheinlich hat er schon die ganze Zeit hinter der Tür gestanden.

»Hau ab«, sage ich.

»Hat die Bine jetzt einen Freund?«, will er wissen.

»Du sollst abhauen!«, brülle ich. Da klingelt es. Sebastian.

»Kommen Sie herein«, sagt meine Mutter und er entschuldigt sich, dass er so früh auftaucht, trinkt den Kaffee, den sie ihm anbietet, und lässt sich von Berti das neue Schiffsmodell vorführen. Meine Mutter lockert sich allmählich. Sie packt Brote ein und Apfelsaft und sagt, dass wir an der Isar in der Nähe von Menschen bleiben sollten, weil an einsamen Stellen schon so viel passiert sei.

Ich sitze wie auf Kohlen. Auch Berti könnte ja noch schnell einen Volltreffer landen. Aber er bietet Sebastian nur sein Messer an, zwecks Verteidigung.

»Du musst es offen liegen lassen. Griffbereit. Und wenn einer kommt – krrchch.«

»Einen drolligen kleinen Bruder hast du«, sagt Sebastian, als wir endlich auf unseren Rädern sitzen.

»Drollig? Eine Nervensäge!«

Er lacht. »Deine Mutter wäre am liebsten mitgekommen, was?«

Wir fahren durch den Englischen Garten, die Widenmayerstraße entlang und am Deutschen Museum vorbei. Die Sonne scheint. Ganze Völkerscharen sind unterwegs, aber die meisten bleiben in der Nähe der Stadt. Wir fahren weiter, fast bis nach Grünwald, an eine Stelle, wo wir allein sind.

Sebastian breitet eine Decke aus. Das Ufer ist grün und schattig. Auch das Wasser ist grün. Leise gurgelnd fließt es dahin.

»Schön hier«, sagt Sebastian. Er zieht mich zu sich heran und küsst mich.

Es geht so schnell. Ich bin nicht darauf vorbereitet. Ich weiß nicht, wie ich reagieren soll.

»Bist du deswegen mit mir hergefahren?«, frage ich.

Er nickt.

»Deswegen. Damit es endlich etwas wird mit uns.«

Er küsst mich wieder.

»Willst du auch, dass es etwas wird?«

»Vielleicht«, sage ich.

»Bloß vielleicht?«

»Nein«, sage ich. »Nicht bloß vielleicht.«

Wir liegen nebeneinander. Insekten summen, Blätter rascheln, die Isar fließt vorbei.

»Warum weißt du es erst heute?«, frage ich.

»Gestern auch schon«, sagt er. »Als ich dich damals auf der Mauer sah, habe ich es schon gewusst. Ich hatte nur Angst.«

»Vor mir?«

Er schüttelt den Kopf. »Vor mir. Bis jetzt habe ich einen Bogen um Mädchen gemacht. Wegen meiner Geige. Eigentlich muss ich immer üben. In jeder freien Minute. Wenn ich gut werden will.«

Er streicht über mein Gesicht.

»Die Geige und ein Mädchen – eigentlich ist das zu viel.«

Ich liege da und höre zu. Alles in diesem Moment kommt mir vor wie dünnes Glas.

»Wenn ein Mensch wichtiger wird . . .«, sagt Sebastian.

»Deswegen brauchst du doch deine Geige nicht zu verlieren«, sage ich.

»Nein«, sagt er. »Wenn ich nur vor mich hinspielen wollte, dann nicht.«

Er schweigt. Ich schweige auch.

»Ich spiele aber nicht nur vor mich hin«, sagt er dann. »Ich will mehr. Und wenn man mehr will . . .«

Er richtet sich auf, blickt zum Wasser, legt sich wieder hin.

»Anders geht es nicht. Vielleicht eine Weile. Aber nicht lange. Verstehst du das?«

Ich antworte nicht gleich. Verstehe ich es?

»Jeden Tag wollte ich mich mit dir treffen«, sagt er. »Aber immer wieder habe ich gedacht, lass es sein, das nimmt bloß ein böses Ende. Und dann, heute Morgen beim Wachwerden, da habe ich dich auf der Mauer sitzen sehen und gedacht, vielleicht versteht sie es doch.«

»Doch, ich verstehe es«, sage ich.

Aber ich habe es nicht verstanden. Nicht richtig. Ich wollte ihn nur nicht verlieren. Sebastian hat seine Geige und ich habe Sebastian, so ungefähr sah ich es. Damals war auch meine Chemie noch wichtig. Ich fand es gut, wie alles lief: jeden Tag ein bisschen Zeit und sonntags viel.

Diese Sonntage. Der Starnberger See. Die Isar. Sebastians Zimmer. Es kommt mir wie eine Ewigkeit vor. Eine Ewigkeit voller Sonntage. Und Sebastian ging es genauso. Ich merkte es nicht, aber er: dass er anfing seine Geige auf Platz zwei zu stellen. Immer näher rückte ich heran, immer näher. Bis zu dem Tag in Venedig.

So ist es gewesen. Jetzt blicke ich durch. Er wollte sich nicht auffressen lassen. Ich will mich auch nicht auffressen lassen. Ich verstehe mich selbst. Ich verstehe Sebastian.

Wie bin ich eigentlich darauf gekommen? Mein Vater, seine Bäume, die Angst, sie wieder verlieren zu müssen . . . ja, das war es.

Als er einmal den ganzen Sonntag im Garten herumgewühlt hatte und meine Mutter schimpfte: »Diese viele Arbeit, Heinz. Du bringst dich noch um!« – da sagte er: »Sei still, Lotti. Jeder Mensch hat einen Traum. Ohne den geht's nicht.«

Am nächsten Tag, als ich aus der Schule komme, sitzt meine Mutter am Tisch und hat zehn Hundertmarkscheine vor sich liegen.

»Ich überlege, ob ich sie Papa geben soll«, sagt sie. »Die Zinsen fürs Haus sind doch wieder fällig.«

Sie nimmt einen Schein, faltet ihn zusammen, nimmt ihn wieder auseinander. »Sieh mich nicht so an, Bine. Meinst du, ich stelle mir das nicht schön vor? Am Steuer sitzen? Auto fahren? Aber tausend Mark! In unserer Lage!«

»Mama!«, sage ich. »Wenn du es jetzt nicht machst, wird nie was draus. Unsere Lage ist in zehn Jahren auch nicht besser. Und dann bist du zu alt. Du musst es einfach tun. Für dich!«

»Ach, ich«, sagt sie mit ihrer Opferlammstimme. »Ich bin nicht so wichtig.«

Ich versuche es anders. »Und der Halbtagsjob? Damit käme das Geld doch wieder herein.«

»Und Berti?« Sie sieht mich ratlos an. »Noch

mal ein solcher Krach, das verkraftet er nicht. Gerade jetzt.«

»Berti verkraftet eine Menge«, sage ich. »Der ist stabiler, als du glaubst. Und ich erkläre es ihm schon richtig.«

Sie legt das Geld zusammen, steht auf und steckt es in den Schrank, zwischen Seitenwand und Suppenteller. »Ich weiß nicht«, murmelt sie dabei.

»Okay!« Ich will nicht länger darüber reden. »Gib es Papa. Für seinen Zaun. Und versaure.«

Diese komische Hoffnung, die ich eine Weile hatte. Meine Mutter und Mut!

»Alles Gute!«, sage ich und gehe zur Tür.

»Warte, Bine«, ruft sie hinter mir her. »Würdest du mitkommen zu dieser Fahrschule?«

»Mama!«, sage ich. Wir sehen uns an und sie lacht.

Zur Fahrschule Ilgner gehört auch eine Tankstelle. Die Zapfstellen stehen neben dem Haus. Eine Frau ist damit beschäftigt, an einem Golf die Scheiben zu waschen. Sie trägt eine grüne Kittelschürze und Filzlatschen.

Wir stellen unsere Räder an die Mauer und fragen, wo man sich anmelden könne.

»Drinnen«, sagt sie und zeigt auf die Tür. »Im Büro. Mein Mann ist vor fünf Minuten nach Hause gekommen.«

Ich gebe meiner Mutter einen Schubs.

»Geh doch!«

»Kommst du nicht mit?«, fragt sie.

Ich schüttele den Kopf.

»Sieht doch blöd aus«, sage ich. »Wenn die Tochter die Mutter anmeldet.«

Zögernd setzt sie sich in Bewegung.

Der Golf ist weggefahren. Die Frau wischt ihre Hände an der Kittelschürze ab und kommt näher. Ihre Latschen sind hinten heruntergetreten. Eine richtige Trulla.

»Will Ihre Mutter noch Fahren lernen?«, fragt sie. »Wie alt ist sie denn?«

»Dreiundvierzig«, sage ich.

Die Trulla seufzt.

»Da wird sie sich aber schwer tun. Das braucht Zeit bei so Alten.«

»Meine Mutter ist doch keine Alte!«, sage ich.

Sie zuckt mit den Schultern.

»Genauso alt wie ich. Und ich lern's auch nicht mehr.«

»Ich denke, Ihr Mann ist Fahrlehrer?«, sage ich.

»Eben. Der lässt mich nicht. Er hat Angst um den Wagen.«

Ich fange an zu lachen.

»Tolle Reklame für Ihren Laden!«

Sie sieht mich misstrauisch an und schlurft davon. Hoffentlich ist der Mann besser.

Eine Weile muss ich noch warten, dann kommt er mit meiner Mutter aus dem Haus. Mittelgroß, kurz geschnittenes helles Haar, eine Lederjacke – gar nicht so übel.

»Das ist Herr Ilgner«, sagt meine Mutter. »Meine Tochter Sabine.«

Er gibt mir die Hand. »Hat Ihre Mutter sich nicht allein hergetraut? Ja, ja, Damen dieser Kategorie . . .!«

»Wieso Kategorie?«, frage ich.

»Weil ich schon so alt bin«, klärt meine Mutter mich auf.

»Für den Führerschein!«, sagt Ilgner. »Je jünger, umso besser. Rechtzeitig anfangen spart Geld, Zeit und Nerven.«

Meine Mutter stöhnt. »Er sagt, man braucht ungefähr so viele Stunden, wie man Jahre hat! Da langt mein Geld nicht. Ich muss es in dreißig schaffen.«

Der Ilgner winkt ab. »Bloß keine Illusionen, Frau Haller«, sagt er und langsam werde ich sauer auf diesen Laden.

»Nehmen Sie nur Fahrschüler unter zwanzig?«, frage ich.

Er mustert mich missbilligend.

»Nun mal langsam, junges Fräulein. Ich bin reell. Andere versprechen vielleicht das Blaue vom Himmel. Ich nicht. Das ist meine Art von Kundendienst. Möglich, dass sie es in dreißig Stunden schafft, an mir soll's nicht liegen. Aber garantieren kann ich das nicht. Also, Frau Haller, was meinen Sie?«

Meine Mutter antwortet nicht. Sie starrt in die Luft. Ein Hund kommt um die Ecke, schwanzwedelnd läuft er auf uns zu und beschnüffelt meine Schuhe.

»Sei brav, Timo«, sagt Herr Ilgner.

»Timo?«, fragt meine Mutter. »Heißt er

Timo? Also, ich will es versuchen. Kann ich den Antrag gleich ausfüllen?«

»Wenn Sie Passbilder dabei haben«, sagt er.

Sie öffnet die Handtasche.

»Die habe ich mitgebracht.«

»Wo hast du die denn her?«, frage ich erstaunt.

Sie sieht mich schuldbewusst an. »Gisas Mutter hat mir gesagt, dass ich Passbilder für die Anmeldung brauche. Da habe ich sie vorsichtshalber machen lassen.«

Ich lache. Vorsichtshalber! Sie lacht auch. Herr Ilgner, der nicht wissen kann, was wir so komisch finden, lacht mit. Vielleicht aus Kundendienst.

»Also dann kann's ja losgehen«, sagt er. »Soll ich Sie morgen früh abholen? Zur ersten Stunde?«

»Himmel!«, sagt meine Mutter.

Wir fahren nach Hause, es duftet nach trockenem Gras. Juni. Wir wohnen schon über zwei Monate in Ellering.

»Berti braucht noch nichts zu wissen«, sagt meine Mutter. »Der kann den Mund nicht halten.«

»Aber Papa kriegt es sowieso heraus«, sage ich.

Sie antwortet nicht.

»Hast du denn solche Angst?«, frage ich.

Ich sehe, wie ihre Haare im Wind fliegen, dichte, blonde, lockige Haare. Ihr Gesicht ist so eine Mischung aus braun und rosig. Eigentlich sieht sie hübsch aus, noch gar nicht alt.

Wenn ich sie wäre, würde ich zu meinem Mann gehen und es ihm sagen. »Das will ich«, würde ich sagen. »Und das tue ich. Und wenn es dir nicht passt, kann ich es nicht ändern.« Der Mann, mit dem ich zusammenlebe, müsste das vertragen.

Sebastian hätte es vertragen.

Der erste Tag nach den Weihnachtsferien. Die Schule ist aus, er wartet auf mich, wir machen einen Umweg durch den verschneiten Luitpoldpark.

Sebastian hat schlechte Laune und schweigt.

»Hast du nun Zeit heute Nachmittag?«, frage ich.

»Warum?«

»Wir wollten doch ins Kino.«

»Weiß ich noch nicht.«

»Wann weißt du es denn?«

»Ich rufe dich an.«

»Nicht so spät?«

»Wenn ich geübt habe.«

Er weicht wieder aus. Ich möchte ihn anschreien, ihm sagen, wie mich das nervt, dieses Hin und Her. Aber ich bin still.

»Wenn es dir nicht passt, kann ich ja gehen«, hat er schon ein paar Mal gesagt.

Schweigend laufen wir nebeneinander her. Der Schnee auf den Rasenflächen ist grau und matschig. Nur die Bäume sind noch weiß.

»Wir könnten ja auch morgen ins Kino gehen«, sagt er.

Ich nicke.

»Weißt du, worauf ich warte?«, fragt er.

»Worauf denn?«

»Dass du mir mal eine runterhaust.«

»Kannst du haben«, sage ich.

Er lacht. »Glaub ich nicht. Binchen, Binchen, summsummsumm, ist zum Stechen viel zu dumm.«

»Du, das ist gemein«, sage ich.

Er gibt mir einen Kuss. »Dumm stimmt nicht. Das reimt sich bloß. Aber zu bange. Und das ist beinahe ebenso schlimm.«

Ich will keine Angst mehr haben. Nicht vor Sebastian, nicht vor den anderen.

Gleich nachdem wir wieder zu Hause sind, meine Mutter und ich, gehe ich in mein Zimmer und schreibe einen Brief an die Landesbank: dass ich meine Bewerbung um eine Lehrstelle zurückziehe, weil ich mich entschlossen hätte auf der Schule zu bleiben und das Abitur zu machen.

Vor ein paar Tagen war ich beim Friseur. Als er meine Haare abgeschnitten hatte, kam ich mir wie eine Fremde vor. Und völlig nackt. Inzwischen habe ich mich an mein neues Gesicht gewöhnt. Auch daran, dass ich mich nicht mehr verstecken kann.

Das schöne Wetter hat nicht lange angehalten. Es regnet schon wieder, seit Tagen.

»Wenn das so weiterschüttet«, meldet Berti, »ist die Ernte im Eimer.«

Er kennt bereits sämtliche Bauern im Dorf.

»Ein netter Bub, ein zutraulicher«, sagt die Moserbäuerin. »Der stellt sein Rad an den Zaun, kommt in die Küche, sagt Grüß Gott und ist da.«

Wir haben sie inzwischen auch kennen gelernt. Durch Bertis Vermittlung holen wir Milch und Eier vom Moserhof.

Der Regen ärgert Berti zur Zeit deshalb besonders, weil er einen Anorak anziehen muss. Er würde lieber im T-Shirt herumlaufen, damit man seine Narben sieht.

»Sepsis!«, sagt er stolz. »Hat nicht jeder.«

»Schreib lieber gute Noten«, sagt mein Vater. »Da könntest du dir was drauf einbilden.«

Gute Noten. Vor kurzem habe ich mit Herrn Zeil gesprochen, bei dem wir beide Mathematik haben. Er ist nett und gibt sich Mühe, gerade mit denen, die sich schwer tun.

»Aber der Berti, der ist hoffnungslos«, sagte er, legte den Kopf schief und seufzte. »In den bring ich nichts rein.«

Der Zeil hat irgendwie ein Hundegesicht. Als er »hoffnungslos« seufzte, sah er mit seinen Stirnfalten so bekümmert aus wie der Boxer Bazi vom Moserbauern, wenn er einen Knochen nicht kleinkriegt. Das beeindruckte mich mehr als die Worte.

Trotzdem, ich glaube, er irrt sich. Wenn ich daran denke, wie Berti uns den Motor erklärt hat! Jemand, der sich so auskennt, bis in die Einzelheiten, und es so wiedergeben kann, der ist nicht hoffnungslos.

Die Erklärung des Motors war Bertis Beitrag zum Führerschein.

Natürlich hatte das Geheimnis vor ihm nicht standgehalten. Als er nach dem Schulsportfest früher als sonst nach Hause kam, fuhr das Fahrschulauto an ihm vorbei, mit meiner Mutter am Steuer. Da wusste er Bescheid.

»Mann, Bine!«, schrie er mir entgegen. »Mama macht den Führerschein!«

»Weiß ich«, sagte ich.

»Woher denn?«, fragte er enttäuscht, und als er hörte, dass ich mit ihr zur Anmeldung gefahren war, fasste er den Entschluss, auch etwas Nützliches zu tun.

»Weißt du eigentlich, wie ein Auto funktioniert?«, fragte er beim Mittagessen. »Ich meine, warum es überhaupt fährt?«

»Mit Benzin«, sagte meine Mutter. »Und weil man Gas gibt.«

»Mann, Mama«, sagte Berti erschüttert. »Wenn du in eine Kaffeemühle Benzin kippst, fährt die noch lange nicht. Was passiert da drinnen, im Motor?«

»Keine Ahnung«, sagte meine Mutter.

»Und du, Bine?«

Ich schüttelte den Kopf.

»Also«, verkündete Berti. »Sonntag, wenn Papa weg ist, zeig ich es euch.«

Seit einiger Zeit geht mein Vater sonntags zur

Messe. Allein, weil er der einzige Katholik in der Familie ist. In München hat er es nie getan. Er war auch nicht dagegen, dass Berti und ich evangelisch getauft wurden wie meine Mutter. Aber hier in Ellering, wo man vom Küchenfenster aus den Kirchturm sehen kann, hat sich das geändert.

Am zweiten Sonntag, als wir beim Frühstück saßen und die Glocken läuteten, stand er auf. »Ich glaube, ich gehe mal kurz in die Kirche«, sagte er.

»Wohin?«, fragte meine Mutter. »In die Kirche? Wieso denn?«

»Ich weiß nicht«, sagte er verlegen. »Früher, bei uns im Dorf, sind wir auch hingegangen, meine Mutter und ich.«

»Du hättest doch lieber eine Katholische heiraten sollen«, sagte meine Mutter.

»Unsinn.« Er fuhr ihr mit der Hand übers Haar. »Solche Gute wie dich hätte es da nicht gegeben. Also, ich guck bloß mal hin.«

Seitdem gehört der Kirchgang zu seinen Sonntagen. Er redet nicht darüber, versucht auch nicht uns zu beeinflussen. Aber wenn die Glocken läuten, geht er los. Ich glaube, es hat etwas mit dem Haus und dem Garten und den Bäumen zu tun. »Hier gehöre ich her«, sagt er manchmal. »In die Stadt nicht.«

Vielleicht betet er, dass er nicht wieder wegmuss. »Not lehrt beten«, ist einer seiner Sprüche.

Jedenfalls: Am Sonntagmorgen, als mein Vater sich auf den Weg gemacht hatte, zeigte uns Berti, wie ein Auto funktioniert.

»Also, das ist der Motor«, sagte er und klappte die Haube auf.

»Wirklich?«, frotzelte ich und meine Mutter rief: »Himmel, Berti, mach bloß nichts kaputt.«

Berti legte den Kopf schief, sah sie an und seufzte. »Mann, Mama, du bist hoffnungslos!«

Ich fing an zu lachen, weil er genauso aussah wie Herr Zeil. Aber Berti ließ sich nicht aus der Ruhe bringen.

»Lach nicht so dämlich«, sagte er. »Pass lieber auf.«

An diesem Morgen lernten wir alles über den Motor. Berti erklärte es uns genau und gründlich, Stück für Stück, langsam und geduldig. Sogar meine Mutter verstand es.

»Das ist ja toll, Berti«, sagte sie fassungslos. »So wie du das machst! Du solltest Lehrer werden.«

Berti sah mich triumphierend an.

»Und du, Bine? Alles mitgekriegt?«

»Klar«, sagte ich. »War gut! Woher weißt du das eigentlich?«

Berti ließ die Motorhaube zufallen. »Interessiert mich nun mal«, murmelte er. »Ich kann dir auch die Verkehrsregeln beibringen, Mama. Da kenne ich mich aus.«

Wir gingen ins Haus zurück. Berti verzog sich in sein Zimmer und ich folgte ihm.

»Du, Berti«, sagte ich. »Ich habe dich ja immer für ein bisschen unterbelichtet gehalten. Aber ich glaube, wenn dich das in der Schule auch so interessierte, könntest du Spitze sein.«

Er antwortete nicht.

»Du bist nämlich nicht unterbelichtet«, sagte ich. »Im Gegenteil.«

»Ich will aber Automechaniker werden«, sagte er.

»Berti!«, rief ich. »Da musst du doch auch wissen, dass fünf mal fünf fünfundzwanzig sind!«

»Weiß ich ja«, sagte er.

»Und wenn du noch mehr weißt, dann brauchst du nicht nur Autos zu reparieren. Dann kannst du vielleicht mal welche entwickeln. Neue Typen. Ein Berti-Haller-Auto!«

Er hob den Kopf, so ruckartig, als ob ihn etwas gestochen hätte. »Wirklich?«

»Klar!«, sagte ich. »Und wenn du dann ein bisschen Physik kannst und Englisch und Französisch, das schadet doch auch nichts.«

»Könnte ich dann auch Rennfahrer werden?«, fragte er. »Oder Pilot?«

»Sogar Astronaut!«, rief ich und kam mir mal wieder wie mein Vater vor. »Jedenfalls brauchst du dich doch nicht dümmer zu stellen, als du bist.«

Er ging zum Tisch und setzte ein Teilchen in sein Modellschiff ein.

»Scheißschule«, murmelte er. »Ich bleibe sowieso hängen.«

»Dieses Jahr sicher«, sagte ich. »Aber im

nächsten, kannst du dich da nicht ein bisschen mehr anstrengen? Ich helfe dir auch wieder.«

Er fummelte an seinem Schiff herum. Ich wusste nicht mal, ob er noch zuhörte.

Wahrscheinlich ist er ein Spätzünder.

7

Mittwoch. Wir sind am Ammersee, Gisa und ich. Nur ein Zwanzig-Minuten-Weg durchs Moor. Seitdem sich das Wetter gebessert hat, lerne ich die Umgebung kennen: die Seen, das Hügelland, den Fluss, das Moor, das, wenn die Sonne über dem Schilf liegt, wie eine große Wasserfläche aussieht.

Gisa ist in dieser Gegend aufgewachsen und kennt Wege, auf denen man kaum einen anderen trifft. Am Wochenende, wenn es an den Seen fast mehr Menschen als Wasser gibt, bleiben wir am Fluss. Unter den Weiden liegen, sich mit der Strömung treiben lassen, und der Lärm von der Autobahn nicht lauter als ein Mückenschwarm . . .

Aber heute, mitten in der Woche, ist es auch am Ammersee leer. Wir haben schulfrei, wegen einer Konferenz, und sind früh losgefahren. Es wird ein heißer Tag. Kein Wind, keine Wolke. Das Wasser spannt sich glatt und ruhig unter der Morgensonne, nur ein paar Segel darauf, die sich kaum bewegen.

Wir liegen im Schatten von zwei großen Birken. Gisa hat eine Tüte mit Kuchen auf dem Bauch.

»Ein Tag ohne Schule«, sagt sie und räkelt sich. »Das ist wie doppelt gelebt.«

Dieser Schulhass. Dabei fällt ihr alles so leicht. Sie braucht nichts zu tun und kommt trotzdem durch.

»Dir geht es doch gut«, sage ich. »Ich muss mich viel mehr schinden.«

Sie nimmt ein Stück Kuchen aus ihrer Tüte.

»Selber schuld. Wenn man so ehrgeizig ist!«

Ehrgeizig?

»Ich bin doch nicht ehrgeizig«, sage ich.

Gisa lacht. »Ich fliege doch nicht, sagt der Vogel.«

Merkwürdig, dass wir uns mögen. So verschieden, wie wir sind.

»Du siehst das nicht richtig«, sage ich. »Kannst du auch gar nicht. Weil dein Vater Rechtsanwalt ist und deine Eltern dich von Anfang an aufs Abitur programmiert haben. Aber mein Vater ist nicht Rechtsanwalt, der ist Verkäufer bei Möbelmöller. Wenn der von mir das Wort Abitur hört, sträuben sich ihm die Haare. Und ich muss ihm beibringen, dass ich es trotzdem mache. Da brauche ich gute Noten, verstehst du!«

»Tu nicht so heroisch«, sagt Gisa. »Es macht dir ja Spaß!«

»Klar macht es mir Spaß!« Ich fange an mich aufzuregen. »Weil ich es will! Ich! Nicht meine Eltern. Wenn du das ehrgeizig nennst – bitte.«

Gisa kaut an ihrem Kuchen.

»Na schön«, sagt sie schließlich. »Ich bin vermurkst. Ich leide unter Wohlstandsverwahrlosung.«

»Quatsch«, sage ich, denn ich kenne sie inzwischen mit ihren zwei Gesichtern: das Schulgesicht und das richtige. Irgendwann muss etwas schief gelaufen sein, schon lange bevor sie an Ballhofer geraten ist. So wie bei Berti, dessen Schulmisere Frau Mittermaier auf dem Gewissen hat, seine erste Lehrerin in der Grundschule. Ich weiß nicht wie und warum – gleich am Anfang ist bei ihm alles kaputtgegangen.

»Ich will da nicht wieder hin!«, hat er geheult. Aber der Mittermaier konnte er nicht entkommen. »Lehrjahre sind keine Herrenjahre«, hat mein Vater zuerst gesagt, wenn sie Berti eine Strafarbeit nach der anderen verpasste, »damit er lernt still zu sitzen«, wie sie meiner Mutter erklärte. Sie empfahl ihr auch, Berti mit dem Essen knapper zu halten, wegen seiner übergroßen Vitalität. Also, ich wäre massiv geworden. Vor allem später, als Berti immer zappeliger wurde und schließlich Alpträume bekam, mit der Mittermaier als einer Art Nachtgespenst. Aber meine Eltern mit ihrem Respekt vor der Obrigkeit! Ein Wunder, dass Berti zwei Jahre Mittermaier ohne noch größere Schäden überstehen konnte.

Vielleicht hat Gisa etwas Ähnliches erlebt. Jedenfalls braucht sie die Schule nur von weitem zu sehen und ihr Gesicht verändert sich, ihr Gang, ihre Stimme. Als ob ihr ein Sack Steine auf die Schultern fällt, und sie muss ihn durch den Vormittag schleppen. Auch die meisten in der Klasse lehnt sie ab. Mit mir, glaube ich, hat sie nur deshalb zu reden angefangen, weil ich von einer anderen Schule komme, also keine »Ballhofergeschädigte« bin.

Diese Vorurteile! Wie ein weißer Farmer gegen einen Zulustamm.

Vielleicht wird es besser im nächsten Jahr, wenn die Kollegstufe beginnt und wir an unserem Chemieprojekt arbeiten. Gisa hat zugestimmt, endlich. Dr. Achbacher meint, wir könnten sogar im Chemiesaal experimentieren. Das würde er dem Chef schon beibringen, vor allem, wenn es als Vorbereitung zum Leistungskurs liefe.

»Gut, dass du nun doch das Abitur machst, Sabine«, hat er gesagt. »Um dich wäre es wirklich schade gewesen.«

Mir wurde schwach in den Knien bei diesen Worten. Ich bereite das Abitur vor, sage die Lehrstelle ab, mache große Pläne und meine Eltern wissen nichts davon. Alles im Alleingang.

»Nach den Ferien müssen wir gleich anfangen«, sage ich zu Gisa. »Das wird ein ganz schöner Brocken.«

»Von mir aus.« Sie zerreibt ein paar Blätter zwischen den Fingern und riecht daran. »Ich bin Stress gewöhnt. Warum soll ich nicht mal meinen Kopf anstrengen.«

An ihren Beinen sind dicke blaue Flecke, von der letzten Kletterei im Kaisergebirge. Was sie da tut, ist manchmal lebensgefährlich. Und ausgerechnet mit Hannes, den ich für ein Muttersöhnchen gehalten habe.

»Warum machst du das eigentlich?«, frage ich. »Ein falscher Tritt und es ist aus.«

Sie schnipst die Reste des Blattes von der Hand. »Na und? Soll's doch.«

Sie liegt am See, neben sich eine Tüte mit Aprikosenkuchen. Ihre Haut ist braun und glatt, der Bikini hat ein Heidengeld gekostet, wenn sie nach Hause kommt, legt sie eine von ihren vielen Platten auf, trinkt Tee aus den chinesischen Bechern.

Dieses »Soll's doch« ärgert mich.

»Rede nicht solchen Stuss«, sage ich.

»Stuss?« Sie richtet sich auf und sieht mich fragend an. »Warum Stuss? Erstens macht es mir Spaß im Fels. Und zweitens – irgendwann gibt es Krieg, übermorgen, in fünf Jahren, in zehn, mit Atombomben und allem, was gut und teuer ist. Oder ich kriege Krebs. Findest du das besser als abstürzen?«

»Hör auf«, sage ich.

»Warum? Denkst du denn nie an so was?«

Ich antworte nicht.

»Ich ziemlich oft. Und dann habe ich viel

stärker das Gefühl, überm Abgrund zu hängen als beim Klettern.«

»Ich will nicht dauernd daran denken«, sage ich. »Ich will leben.«

»Ich etwa nicht?« Gisa legt sich wieder hin und nimmt ein Stück Kuchen. »Aber leider kann ich mein Hirn nicht abschalten. Oder soll ich nicht mehr Zeitung lesen? Nicht mehr fernsehen? Nur noch fressen? Und nicht mal das kann man in Ruhe. Was in so einem Kuchen alles drin ist! Bleichstoffe. Konservierungsstoffe. Antischimmelstoffe. Farbstoffe. Geschmacksstoffe . . . eine ganze chemische Fabrik. Ich weiß doch, dass ich kaputtgemacht werde!«

Sie beißt in den Kuchen und kaut.

»Hauptsache, es schmeckt«, sage ich.

»Leider.« Sie hält mir die Tüte hin. »Ich will dir auch bloß erklären, warum ich die Gefahr nicht so schlimm finde. Und es ist schön da oben. Manchmal, wenn mir alles stinkt, muss ich einfach auf irgendeinen Berg rauf. Sonst könnte ich nicht weitermachen.« Sie steckt sich den Rest Kuchen in den Mund. »Stinkt es dir eigentlich nie?«

Ich weiß nicht, was ich darauf antworten soll.

»Doch«, sage ich. »Natürlich. Aber ich möchte trotzdem immer gern wissen, wie es weitergeht.«

»So?« Gisa wirft mir einen komischen Blick zu. Neugierig. Nachdenklich. Kritisch. »Also, wenn ich sehe, wie das alles so läuft, dann meine ich, aussteigen wäre gar nicht mal übel.«

»Gar nicht mal übel!« Wie leicht sich das sagt. Ich denke an Berti, der beinahe gestorben wäre. An meine Großmutter. An den kleinen Clemens.

»Sterben!«, sage ich. »Stell dir das vor. Einfach weg sein.«

»Man selbst merkt ja nichts mehr davon«, sagt sie.

Es klingt sachlich, wie eine Feststellung über das Wetter.

»Mach nicht so ein Gesicht«, sagt sie. »Ich bringe mich schon nicht um. Aber ich könnte verstehen, dass es einer tut.«

»Ich nicht«, sage ich. »Ich würde immer hoffen. Morgen ist es vielleicht schon besser. Und bei allem, was ich erlebt habe, ist es auch wieder besser geworden. Sebastian, als es mit dem zu Ende war . . .«

Ich spreche nicht weiter. Ist es wirklich besser geworden? Es tut immer noch weh, wenn ich daran denke, genau wie am Anfang. Höchstens, dass ich nicht mehr so oft daran denke.

»Doch«, sage ich. »Irgendwie ist es immer besser geworden. Jetzt zum Beispiel – jetzt fangen wir mit dem Chemieprojekt an. Freut dich so was denn nicht?«

Gisa schweigt.

»Freut dich so was denn nicht?«, frage ich noch einmal. »Dass wir hier sind?«

Gisa zögert. »Natürlich freut es mich. Aber gleichzeitig weiß ich, dass sie den See kaputtmachen. Und irgendwo ihren Atommüll lagern.

Und die Wiesen voll Gift sind. Darf man sich da noch freuen?«

»Komisch«, sage ich. »Bei mir ist es gerade umgekehrt. Wenn ich über eine Wiese laufe, eine grüne Wiese mit Blumen, und wenn ich auch weiß, dass sie Gift darauf spritzen – die Wiese ist für mich trotzdem schön. Für meine Augen. Und wie sie duftet. Ich will sie schön finden, verstehst du. Weil ich es brauche.«

»Und die Leute in Seveso?«, fragt Gisa. »Was machen die mit ihren grünen Wiesen?«

»Ich bin nicht in Seveso.«

Gisa schüttelt den Kopf. »Du machst es dir leicht. Seveso ist überall!«

»Ich weiß«, sage ich. »Darum will ich ja Chemie studieren. Und etwas tun. Das kann ich, das ist meine Sache. Und wenn ich die Chemie nicht hätte, dann würde ich mir etwas anderes suchen. Irgendwas, das ich könnte.«

»Und die Welt retten«, sagt Gisa spöttisch.

»Also!« Ich werde immer lauter, wahrscheinlich, weil ich es eigentlich nicht so direkt aussprechen mag, und weil Gisa auch irgendwie Recht hat und nicht Recht haben soll, »also, wenn man so denkt, dann könnte man sich wirklich gleich aufhängen. Ich will das aber nicht, verstehst du. Und von mir aus kannst du mich ruhig naiv finden und romantisch. Dann bin ich es eben.«

Gisa sieht mich wieder mit diesem komischen Blick an.

»Guck doch nicht so«, sage ich. »Ich bin kein Affe im Zoo.«

Es langt mir, ich nehme meine Badekappe und will ins Wasser.

»Nun renn doch nicht weg«, sagt Gisa. »Iss was, das beruhigt.« Sie gibt mir die Tüte. »Vorhin, als du mit deinen grünen Wiesen angefangen hast, da ist mir tatsächlich schlecht geworden. Da habe ich wirklich gedacht, Gott, ist die naiv. Aber das war falsch. Weil du zu den Leuten gehörst, die etwas tun wollen, damit sie grün bleiben. Oder es wenigstens versuchen. Und ich mach mit, sogar das hast du geschafft.«

Sie lacht. »Bitte, du darfst dir die grünen Wiesen leisten. Ich schenke sie dir.«

Sie greift nach der Tüte, legt sie aber wieder hin. »Schrecklich, diese ewige Fresserei. Also, gehen wir schwimmen.«

Das Wasser ist warm wie in der Badewanne. Wind hat sich aufgemacht. Die Segelboote bewegen sich wieder, dazwischen bunte Badekappen.

»Mit Sebastian war ich immer am Starnberger See«, sage ich.

»Ruf ihn doch mal an«, sagt sie.

»Wie kommst du denn darauf?«, frage ich.

»Weil du immer von ihm redest. Wann war euer Krach? Im Februar? Jetzt ist Juli. Du hast doch Distanz bekommen.«

Wir schwimmen weit hinaus. Vor uns kreuzt ein Korsar mit zwei Typen darin.

»Kommt mit!«, ruft der eine und will uns die Leine zuwerfen.

»Nächstes Jahr um diese Zeit!«, ruft Gisa und wir schwimmen zurück. Am Ufer ist es voller geworden. Halb München scheint anzurücken.

»Da steht einer bei unseren Sachen«, sagt Gisa. »Sieht wie Andreas aus. Ist der schon wieder hinter dir hergefahren?«

Als wir aus dem Wasser kommen, sitzt Andreas auf der Decke und guckt in Gisas Kuchentüte.

»Krieg ich was?«, fragt er.

»Nimm alles«, sagt Gisa. »Dann ist es weg. Was suchst du überhaupt hier?«

»Den Kuchen natürlich«, sagt Andreas und lacht. »Dann habe ich das da gesehen.« Er zeigt auf meinen blauweiß gestreiften Rock.

»Gut, dass sie keine Jeans anhatte«, sagt Gisa. »Außerdem wusstest du ja, dass wir hierher fahren.«

»So ist es«, sagt Andreas mit vollem Mund. »Hoffentlich störe ich nicht.«

»Würde dich das stören?«, fragt Gisa.

»Kaum.« Andreas macht einen Handstand. Dann setzt er sich wieder zu uns und erzählt von seinen Autos. »Wenn ihr wollt, bau ich euch eins. Aber dafür muss ich mindestens fünf Schrottkarren haben. Und um die zusammenzuholen brauche ich einen Lastwagen. Und um einen Lastwagen zu bauen brauche ich fünf alte, und um die ranzuschaffen . . . seht ihr das Problem?«

Wir sitzen in der Sonne und blödeln. Zwischendurch fährt Andreas nach Hause um einen Grill zu holen. »Mitsamt Zubehör«, sagt er und packt Bratwürste, Brot und Tomaten aus. Er bringt die Holzkohle zum Glühen und brät die Würste und wir reden über die Schule und über Griechenland und Spanien und wie man am billigsten reisen kann und merken nicht, wie schnell die Zeit vergeht.

Um vier packen wir unsere Sachen zusammen.

»Samstag gibt's bei uns ein Fest«, sagt Andreas. »Habt ihr Lust?«

»Keine Zeit«, sagt Gisa.

»Und du?« Er greift nach meiner Hand und hält mich fest. »Wenn du nicht kommst, kriegst du kein Auto.«

Zu Hause ist niemand da. Meine Mutter hat Fahrstunde und Berti hilft dem Moser Beni beim Heuen.

»Vielleicht werde ich mal Bauer«, hat er neulich verkündet. »Da kann ich immerzu Traktor fahren und meine Frau bäckt Hefezöpfe und mistet den Stall aus.«

Ich gehe in den Garten und hänge das Badezeug auf die Leine.

»Wie findest du Andreas?«, hat Gisa gefragt, als wir durchs Moor nach Hause fuhren. »Magst du ihn?«

Mögen? Ich weiß nicht. Ich finde ihn nett, auch äußerlich, mit seinen einsfünfundachtzig und den breiten Schultern und der braunen

Haut. Er wird schon neunzehn, ist zweimal hängen geblieben und will Ingenieur werden. Sein Auto ist eine Schau: der Kühler blau, ein Kotflügel grün, der andere rot, die Türen gelb und das Übrige ebenfalls in allen Farben schillernd.

»Umweltfreundlich, Sabine!«, hat er gesagt. »Garantiert ungespritzt!«

Doch, ich mag ihn. So eine Art älterer Berti. Ganz anders als Sebastian, gar nicht kompliziert.

Ob ich Sebastian anrufen soll?

»Du hast doch Distanz bekommen«, hat Gisa gesagt.

Ich gehe in die Diele, greife nach dem Hörer, wähle Sebastians Nummer. 37 52 22. Nur kurz Guten Tag sagen. Und dass es mir gut geht. Und von Ellering erzählen. Und fragen, was seine Geige macht und die Prüfung. Nur so ein Anruf, ganz nebenbei.

»Hallo!«, sagt Sebastians Stimme.

Ich halte den Hörer fest und antworte nicht.

»Hallo, wer ist da?«, ruft er und ich lege auf. Ich kann es nicht. Nicht so, wie ich wollte.

Ich laufe in mein Zimmer, setze mich an den Schreibtisch und lege den Kopf auf die Arme. Sebastians Stimme. Alles ist wieder da. Seine Stimme, sein Gesicht, seine Hände. Wir liegen an der Isar und im Bootshaus und am Strand von Marina di Ravenna. Und wir stehen auf der Leopoldstraße und er sagt: »Such dir etwas, das wichtig für dich ist, außer mir.«

Ich kann nicht mit ihm sprechen. Immer noch nicht.

Bald darauf kommt meine Mutter von der Fahrstunde zurück, rot und verschwitzt.

»Himmel, bin ich fertig!«, stöhnt sie. »Ich brauche Kaffee.«

Sie legt einen Filter in die Maschine.

»Ich glaube, ich lerne das nie.«

Es ist jedes Mal das Gleiche. Ich kenne es schon und versuche wieder einmal ihr klarzumachen, dass jeder Idiot Fahren lernt.

»Sieh dir doch die Gesichter hinter den Windschutzscheiben an«, sage ich. »Was da alles sitzt. Dagegen bist du einsame Spitze.«

Meine Mutter lacht mühsam. Sie füllt Wasser ein und fragt, ob ich auch Kaffee möchte.

»Der Führerschein«, sagt sie, »hat nichts mit Intelligenz zu tun. Das ist eine Frage der Nerven. Und ich habe keine. Immerzu denke ich daran, was Papa sagt, wenn er dahinter kommt. Dieser Druck! Da kann ich mich einfach nicht konzentrieren.«

Sie stellt Tassen und Milch auf den Tisch.

»Der Ilgner wird auch schon ganz nervös.«

»Der soll nicht nervös werden«, sage ich. »Der soll dir das Fahren beibringen.«

»Er ist auch nur ein Mensch«, sagt meine Mutter. »Und wenn ich ihn dauernd in Lebensgefahr bringe . . .!«

»Jetzt lachst du auch noch! Du hättest ihn heute hören sollen. Frau Haller, ein Lastwagen!

Wollen Sie dem auf den Kühler steigen? Frau Haller, was hat Ihnen der arme Radfahrer getan! Vorsicht, Frau Haller, ich bin noch nicht lebensmüde. Ogottogott, Frau Haller, lauter dicke Hunde! Und wenn er dann seinen Kamm rausholt . . .!«

Immer, wenn der Ilgner sich aufregt, beginnt er sein Bürstenhaar zu striegeln. Wirklich komisch. Auch die dicken Hunde finden wir komisch, vor allem Berti, der sie schon in seinen Sprachschatz übernommen hat. Trotzdem, das viele Geld bekommt Ilgner nicht als Clown, sondern als Fahrlehrer. Und wenn er meine Mutter nervös macht, sollte sie die Fahrschule wechseln.

»In Moosberg gibt's auch eine«, sage ich.

»Um Himmels willen«, ruft sie. »Dann geht alles von vorn los! Der Ilgner ist gar nicht so übel. Es liegt an mir.«

Sie gießt Kaffee ein. »Heute Abend muss ich zum theoretischen Unterricht. Ich kann es nicht länger hinausschieben.«

Sie trinkt ihre Tasse leer und grübelt vor sich hin. Heute Abend also! Was mein Vater wohl sagt? Von den Fahrstunden hat er noch nichts gemerkt. Sogar Berti hat dichtgehalten. Aber wenn sie zum theoretischen Unterricht geht, lässt es sich nicht mehr verheimlichen.

Meine Mutter stellt sich an die Spüle und wäscht unsere zwei Tassen ab.

»Am liebsten würde ich alles hinschmeißen«, sagt sie verzweifelt.

»Die Tassen?«, frage ich.

»Nach Witzen ist mir wirklich nicht zu Mute«, sagt sie. »Warum habe ich bloß damit angefangen. Ich glaube, Papa wartet immer noch auf das Geld. Und dem Chef geht es auch schlechter . . .«

In diesem Moment taucht Berti auf, dreckig und stinkend, weil der Bazi vom Moser erst im Mist gewühlt hat und dann an ihm hochgesprungen ist. »Mann, Bazi, hau ab!, hab ich gebrüllt!«, brüllt Berti. »Aber der Bazi, der mag mich, der ist immer wiedergekommen. Eigentlich nett, nicht?«

»Zieh andere Jeans an, Berti, du stinkst«, sagt meine Mutter. »Gib die Dinger her, ich stecke sie gleich in die Waschmaschine. Hast du deine Schularbeiten gemacht?«

Jedenfalls ist sie erst mal abgelenkt.

Am Abend kommt der große Showdown, mit einem Gewitter als Begleitmusik.

Als mein Vater gegen drei viertel sieben in die Garage fährt, hat sich der Himmel schon bezogen. Windstöße fegen durch den Garten, im Süden schieben sich schwarze Wolken übereinander.

»Gleich geht es los«, sagt mein Vater. »Eine Schwüle war das in der Stadt!«

Er sieht müde aus. Meine Mutter stellt kalte Kirschsuppe mit Grießklößen auf den Tisch und wir fangen an zu essen. In der Ferne donnert es, die ersten Tropfen fallen.

»Gut, dass es was Kaltes gibt«, sagt mein Vater. »Na, was habt ihr erlebt?«

Ich erzähle vom Ammersee, Berti von der Brotzeit beim Heuen – »Mann, so dicker Speck!« – und mein Vater berichtet das Neueste aus dem Laden. Dass eine Sendung Teppiche verloren gegangen sei. Dass der Chef nun wohl endgültig nicht wiederkommen könne. Und dass der Junior einen Riesenwirbel nach dem anderen mache.

»Der denkt, er kann alles umkrempeln und in einem Jahr Millionär werden.«

»Was denn umkrempeln?«, fragt meine Mutter und gibt ihm noch ein paar Grießklöße.

»Schund verkaufen!« Mein Vater haut so erbittert den Löffel in die Suppe, dass der Saft auf sein Hemd spritzt. »›Qualität ist ein alter Hut‹, hat er heute zu mir gesagt. ›Alle paar Jahre was Neues, das wollen die Kunden. Schick, modern, erschwinglich. Das ist gut für alle Beteiligten, auch für uns.‹«

»Vielleicht stimmt das«, sagt meine Mutter.

»Wie bitte?« Mein Vater wirft ihr einen gereizten Blick zu. »Schund? Zeitlebens habe ich hinter dem, was ich verkauft habe, auch stehen können.«

»Aber der junge Möller ist der Chef«, sagt meine Mutter. »Was willst du dagegen machen?«

Ein gewaltiger Donnerschlag kracht in das Gespräch. Die Bäume biegen sich im Wind, der Regen rauscht.

Meine Mutter blickt in das Unwetter.

»Hoffentlich dauert es nicht so lange«, sagt sie.

»Der Regen tut gut«, sagt mein Vater. »Nach dieser Hitze! Und wir sitzen ja im Trockenen.«

Meine Mutter schweigt. Wahrscheinlich hat sie wieder Angst. Oder sie will den Sorgen meines Vaters keine neuen hinzufügen.

»Mama muss noch weg«, sage ich.

»Sei still, Bine!«, ruft sie.

»Weg?« Mein Vater sieht erst mich, dann meine Mutter an. »Wohin denn?«

»Los, Mama«, dränge ich.

Meine Mutter löffelt sich noch einmal Kirschsuppe auf und fängt hastig an zu essen.

»Zum theoretischen Unterricht«, sagt sie zwischen zwei Happen.

»Was?«, fragt er verständnislos. »Was für ein Unterricht?«

»Theoretischer Unterricht«, sage ich und Berti kräht erleichtert: »Mama lernt Autofahren. Sie hat schon zwölf Stunden gehabt. Ich bringe ihr die Verkehrsregeln bei. Und du musst mit ihr üben, Papa. Anfahren. Und Einschlagen. Und am Berg. Sonst lernt sie das nie.«

Er redet mit doppelter Geschwindigkeit. Das angestaute Geheimnis stürzt wie ein Wasserfall heraus.

Mein Vater schiebt seinen Teller weg.

»Lotti!«, sagt er. »Ist das wahr?«

Sie nickt.

»Das hast du getan?«

Sie nickt wieder. »Ich habe doch damals gleich gesagt . . .«

»Und ich«, unterbricht er sie, »ich habe gesagt, dass du es nicht sollst. Weil es nicht geht, habe ich gesagt. Weil wir kein Geld haben.«

»Ich habe Geld«, sagt meine Mutter.

»Natürlich!« Er fängt schon wieder an zu brüllen. »Ihr alle habt was. Sabine hat Biedermeiermöbel und du hast Geld. Und was aus der Familie wird, ist euch egal.«

»Zankt euch doch nicht so«, jammert Berti.

»Weißt du, was das ist?«, brüllt mein Vater. »Ein Vertrauensbruch!«

Dann sind sie still. Wir alle sind still. Nur der Regen rauscht. Und die Kirchturmuhr schlägt. Drei viertel acht.

»Du musst gehen«, sage ich.

Sie bleibt sitzen.

»Fahr sie hin, Papa«, sage ich. »Sie wird ja so nass.«

Meine Mutter springt auf. »Kommt nicht in Frage«, sagt sie und rennt aus der Küche. Berti rennt hinterher. »Mama!«, ruft er. »Mama!«

Mein Vater schmeißt seine Serviette hin. »Irrenhaus!«, sagt er, stößt den Stuhl weg und geht ins Wohnzimmer.

Zurück bleiben ich und das schmutzige Geschirr. Ich stelle es in die Spülmaschine und wische den Tisch ab. Dann will ich in mein Zimmer gehen. Aber stattdessen öffne ich die Tür zum Wohnzimmer.

Mein Vater hat sein Gesicht hinter der Zeitung versteckt.

»Papa!«, sage ich.

Er reagiert nicht.

»Ich verstehe dich nicht, Papa«, sage ich. »Wegen tausend Mark!«

»Ist das etwa kein Geld?«, fragt er ohne die Zeitung wegzunehmen.

»Mama so zu behandeln«, sage ich.

»Geh raus«, sagt er. »Ich will nicht mehr darüber reden. Demnächst verdienst du ja selbst was. Dann begreifst du vielleicht, wie viel tausend Mark wert sind, wenn man sie nicht hat.«

Und da, ich weiß nicht warum, da sage ich: »Ich verdiene demnächst überhaupt nichts.«

Endlich nimmt er die Zeitung vom Gesicht. »Wieso? Du kriegst bestimmt einen Lehrvertrag. Bei deinen Zeugnissen.«

»Nein«, sage ich. »Ich habe es mir anders überlegt. Ich bleibe auf der Schule.«

»Wie bitte?« Er wirft die Zeitung hin und sitzt völlig entgeistert da. Plötzlich tut er mir Leid. Erst meine Mutter, dann ich, wahrscheinlich ist das zu viel. Ich wünschte, ich könnte nett zu ihm sein. Aber einen Zahn ziehen, das geht nicht auf die nette Weise.

»Papa«, sage ich. »Du musst das einsehen. Es interessiert mich so.«

»Geld verdienen ist auch interessant«, sagt er.

»Sicher«, sage ich. »Wenn die Arbeit mich interessiert.«

Er macht eine wegwerfende Handbewegung.

»Abitur! Sieh dir doch diese Bürschchen an. Man kann auch ohne Abitur etwas werden.«

»Nicht das, was ich will«, sage ich.

»Aber du warst doch einverstanden mit der Banklehre!«

»Da wollte ich weg von der Schule«, sage ich. »Jetzt sehe ich das anders. Ich will nicht mein Leben lang das Geld von fremden Leuten zählen. Ich will Abitur machen.«

»Schlag dir das aus dem Kopf!«, sagt er.

»Und Chemie studieren.«

»Noch was?«, fragt er und sieht mich an, als sei ich größenwahnsinnig geworden.

»Nein, das ist alles«, sage ich. »Und ich habe der Bank schon geschrieben, dass ich die Lehrstelle nicht brauche.«

Er springt auf. »Ohne mich zu fragen?«

Ich nicke.

»Ohne mich zu fragen!«, wiederholt er, leise und fassungslos. »Genau wie deine Mutter! Die hat es dir ja vorgemacht.«

Er lässt sich in den Sessel zurückfallen. »Ohne mich zu fragen! Bei dieser Lehrstellenknappheit!«

Ich hocke mich neben seinen Sessel.

»Ich will keine Lehrstelle, Papa!«, sage ich. »Und wenn wir dich nicht gefragt haben – das tun wir doch nur, weil du sowieso nicht mit dir reden lässt.«

»Geh weg«, sagt er.

»Du siehst immer nur deinen eigenen Standpunkt. Sonst nichts.«

»So?« Er steht auf und geht an die offene Terrassentür. Der Regen hat nachgelassen, es nieselt nur noch. »Bloß meinen Standpunkt? Warum wohl? Weil es der Richtige ist. Wir haben das Haus gekauft, das kostet einen Haufen Geld. Da müssen alle mithelfen, du auch.«

Da steht er, mein Vater, und ich höre, was er sagt, und denke, das kann doch nicht wahr sein, so kann er nicht reden.

»Das kann doch nicht wahr sein«, sage ich. »Du kaufst dir ein Haus und ich soll dafür arbeiten.«

»Sei nicht unverschämt«, sagt er.

»Doch«, sage ich. »Weil ich mir das nicht gefallen lasse.«

»Das werden wir ja sehen«, sagt er. »Noch habe ich zu bestimmen. Ich schreibe der Schule und melde dich ab.«

Ein Fremder. Ein Fremder mit einer fremden Stimme, gegen den ich mich verteidigen muss.

»Tu das«, sage ich. »Aber in einem Jahr bin ich volljährig. Und dann gehe ich wieder hin. Ich lass mir mein Leben nicht kaputtmachen. Ich gehe wieder hin.«

»Das traue ich dir zu«, sagt er. »Du tust das. Und wenn wir von Haus und Hof gejagt werden, du tust das. Und alles auf Kosten anderer.«

Wir stehen uns gegenüber, wie zwei Feinde. Er will mir wehtun und ich ihm auch.

»Keine Angst, du brauchst mir kein Geld zu geben«, sage ich. »Von dir will ich nichts mehr. Ich schaffe es auch so. Ich geh arbeiten in den

Ferien und knalle dir Kostgeld auf den Tisch. Du brauchst mich nicht zu füttern, du nicht.«

Dann fange ich an zu heulen. Und heulend sage ich: »Du hast mal was gesagt. Jeder Mensch hat einen Traum, hast du gesagt. Wen meinst du eigentlich damit? Nur dich?«

Er steht in der Terrassentür und schweigt. Ich laufe in die Küche und wasche mir das Gesicht. Dann ziehe ich meinen Anorak an. Ich will zu Gisa fahren. Mit irgendwem muss ich reden, sonst drehe ich durch.

»Bine!«, ruft Berti aus seinem Zimmer. »Komm doch mal.«

Er liegt auf dem Boden und starrt zur Decke hinauf, wie immer, wenn er Kummer hat.

»Lassen die sich jetzt scheiden?«, fragt er.

Ich setze mich neben ihn. »Quatsch. Die haben Krach. Du bist das bloß nicht gewöhnt.«

»Kein Krach ist besser«, sagt er.

»Klar. Aber nicht, wenn der eine immer alles runterschlucken muss. Magst du doch auch nicht.«

»Ach so.« Er liegt da und starrt weiter an die Decke. Sein Gesicht ist seit der Krankheit lang und schmal. Keine Spur mehr von Babyspeck. In dreißig Jahren sieht er vielleicht wie mein Vater aus. Vielleicht reagiert er dann auch so ähnlich.

»Neulich hast du mal eine ganz dämliche Bemerkung gemacht, Berti«, sage ich.

»Was denn?«, fragt er.

»›Ich werde Bauer‹, hast du gesagt. ›Dann

fahre ich Traktor und habe eine Frau, die mistet den Stall aus.‹«

»Beim Moser ist das so«, sagt er.

»Aber bei dir doch mal nicht!«, sage ich. »Stell dir vor, wenn Papa auf dem Traktor säße und Mama wühlt im Mist.«

»Wir haben keinen Mist«, sagt er.

»Mann, Berti«, sage ich. »Denk doch mal nach. Das ist doch nicht richtig, wenn einer nur die schöne Arbeit macht und der andere die miese.«

»Die Moserin kann aber klasse Kuchen backen«, sagt er und ich gebe es auf. Man muss es ihm langsam beibringen. Schlückchenweise.

»Bleib doch hier, Bine«, bettelt er, als ich aufstehe. »Fahr nicht weg. Spiel mit mir ›Mensch ärgere dich nicht‹.«

Es klingt klein und jämmerlich und ich ziehe meinen Anorak wieder aus.

So endet der Abend. Mit »Mensch ärgere dich nicht«.

»War's schön?«, frage ich meine Mutter, als sie von der Theoriestunde zurückkommt.

»Was heißt schön?« Sie zieht die nassen Strümpfe aus und hängt sie über die Stuhllehne. »Vorfahrt beim Linksabbiegen – was soll daran schön sein? Hat Papa noch was gesagt?«

Ich erzähle ihr, was sich ereignet hat. Ob das nötig gewesen wäre, will sie wissen. Ob es nicht schon gereicht hätte für heute Abend, warum um Himmels willen ich immer Öl ins Feuer gießen müsste, und überhaupt Abitur, sie wüsste auch nicht, ob das richtig sei.

»Warum hast du vorher nicht mit mir gesprochen?«, fragt sie.

»Weil ich wusste, dass du dich auf Papas Seite schlägst«, sage ich. »Und weil ich kein Theater wollte vor den Zeugnissen.«

Sie zieht ihre nackten Füße hoch und reibt sich die Zehen. »Soll denn alles kaputtgehen?«, fragt sie und ich versuche ihr zu erklären, was ich vorhabe. Und was Achbacher gesagt hat, und dass Gisa mitmacht, und wie sehr ich diese Sache brauche nach den ganzen Schwierigkeiten. Ich habe ihr so lange nichts mehr erzählt, jedenfalls nichts von meinen Problemen, aus Angst vor ihren sorgenvollen Blicken und weil sie sich nicht einmischen sollte. Aber das schiebe ich jetzt beiseite. Sie soll mich verstehen, sie wenigstens, wenn schon mein Vater reagiert wie ein Fremder.

Schweigend sitzt sie da und hört zu. Als ich fertig bin, sagt sie: »Ich brauche heißen Tee.« Ich sehe zu, wie sie das Wasser aufsetzt: Herd einschalten, Kessel voll laufen lassen, Kessel auf die Platte stellen.

»Wo ist denn die Kanne?«, murmelt sie. Dann dreht sie mir das Gesicht zu.

»Woher soll ich wissen, was mit dir los ist? Wenn du nie etwas sagst?«

Ihre Füße sind immer noch nackt. Ich gehe in die Diele und hole Hausschuhe.

»Danke«, sagt sie. »Weißt du, Bine, es ist

schlimm, so dazwischen zu stehen. Wir haben immer alles zusammen gemacht, Papa und ich. Und jetzt ...«

Sie hängt einen Teebeutel in die Kanne und stellt sie neben den Kessel.

»Ich habe so viel nachgedacht in der letzten Zeit. Ich sehe jetzt manches anders als früher. Aber was soll ich denn tun?«

»Du tust doch schon was«, sage ich. »Heute Abend, das war doch geradezu ...« Ich suche nach dem richtigen Wort.

»Heldenhaft«, sagt sie und lacht ein bisschen. »Und wie geht es weiter? Papa lässt sich das doch nicht gefallen, so aus heiterem Himmel.«

»Papa muss auch umlernen«, sage ich.

In diesem Augenblick kommt er in die Küche.

»Tee, Heinz?«, fragt meine Mutter.

Wortlos holt er Bier aus dem Kühlschrank.

»Du, Heinz«, sagt meine Mutter. »Bine hat mir erzählt, worüber ihr gesprochen habt. Wegen dem Abitur ...«

»So?« Er sieht sie nicht an.

»Ich finde, wir können ihr nicht den Weg verbauen. Sie ist doch wirklich begabt.«

»Das konnte ich mir denken, dass du das findest«, sagt er und geht.

Später, im Bett, lasse ich den Abend noch einmal an mir vorbeiziehen, wie einen Film, und ich weiß nicht, ob es gut ist oder schlecht.

Bis jetzt war alles nur Vorgeplänkel. Ab heute

weiß jeder, woran er ist, und es muss weiterlaufen, in irgendeine Richtung. Was, wenn es die falsche wird? Wenn unsere Familie kaputtgeht? Ich bin bald achtzehn und mache mir mein eigenes Leben. Aber meine Mutter? Und Berti?

8

Der 28. Juli. Wir sitzen im Zug, Gisa, Andreas und ich. Endlich Ferien. Ferien und Zeugnisse. Jetzt kann ich meinem Vater etwas vorzeigen, auch wenn es nicht viel nützen wird.

Gisa ist ebenfalls zufrieden. Drei »ungenügend« vom Februar hat sie in »ausreichend« verwandelt, womit, wie sie sagt, »einem glorreichen Vorrücken nichts mehr im Wege steht«. Andreas dagegen ärgert sich über das »ausreichend« in Physik, das ihm der Hartmann in seiner Tücke verpasst hat. Er kann Andreas nicht leiden und hat ihn im Mündlichen reingelegt.

»Reg dich nicht auf«, sagt Gisa. »Was erwartest du von diesem Typ. Und drei oder vier, das ist doch egal.«

»Mir nicht«, sagt Andreas. »Ich habe schließlich was getan.«

»Dann lass es in Zukunft sein«, sagt Gisa. »Schone deine Kräfte für wichtige Sachen.«

»Und so was«, sagt ein Mann auf der Nebenbank laut zu seinem Nachbarn, »sitzt jetzt sechs Wochen auf dem faulen Hintern.«

Er kann nicht wissen, dass Gisa vier Wochen mit der »Aktion Sühnezeichen« nach Israel fährt um in einem Kibbuz zu arbeiten, trotz der Dauerkrise dort, der Bomben und Schießereien. Danach will sie noch eine Woche mit Hannes klettern. Von »auf dem Hintern sitzen« kann also keine Rede sein.

Sie hätte mich gern mitgenommen. Aber ich muss Geld verdienen. Am Montag fange ich bei der Moosberger Post an, als Hilfsbriefträgerin.

Andreas hat mir geholfen den Job zu bekommen, über einen seiner vielen Verwandten. Moosberg liegt drei Kilometer von Ellering entfernt. Morgens um sieben Uhr fünfzehn muss ich anfangen: Post sortieren und dann austragen. Wenn ich mich beeile, kann ich schon gegen zwei fertig sein. Und für sechs Wochen rund zweitausend Mark! Die kann ich dann meinem Vater abliefern, als Kostgeld.

Andreas arbeitet auch. Sein Bruder hat ihm eine Stelle als Schlafwagenschaffner bei der Bundesbahn vererbt. »Ein Traumjob!«, sagt er. »Da verdient man sein Geld im Schlaf.« Hinterher will er vierzehn Tage mit einem Freund nach Italien fahren: Venedig, Ravenna, Bologna, Florenz.

»Komm mit«, hat er zu mir gesagt. »Im Auto ist Platz.«

Aber auch wenn ich Zeit hätte – ich will nicht nach Ravenna und Venedig, nicht mit Andreas. Er sitzt neben mir, den Arm um meine Schulter gelegt. »Nur so zum Abschied«, sagt er, »weil wir von nun an getrennt leben. Am Tag trägst du Post aus, ich fahre nachts im Zug, das führt zur Entfremdung. Willst du nicht doch im September mitkommen?«

Wahrscheinlich würde es Spaß machen. Andreas, immer gut gelaunt, unternehmungslustig, hilfsbereit, alles, was man will. Ich glaube, ich mag ihn ganz gern, wenn auch nicht so, wie er es sich vorstellt. Das habe ich ihm schon auf dem Fest gesagt, damals, nach dem Tag am Ammersee. Aber er glaubt es immer noch nicht.

Es war wirklich ein Fest, ganz anders als die Partys früher in München. Schon allein das Haus! Ein altes Bauernhaus, in dem Andreas' Vater seine Schreinerei hat. Er stammt aus Rodering, auch die Mutter, und sie sind mit der ganzen Gegend verwandt. Alle waren da, Cousins, Cousinen, Onkel, Tanten, die gesamte Sippe. Im Hof, zwischen Bänken und Tischen, stand ein Bierfass, mit Simmerl, dem jüngsten Andreasbruder, als Schankkellner, und getanzt wurde in der früheren Scheune, zur Blasmusik der Roderinger Feuerwehr: Walzer, Polka, Pop und Disko, alles durcheinander. Sogar Andreas' Großeltern tanzten mit.

»Gefällt es dir?«, fragte Andreas.

Es war eine warme Nacht, ganz windstill. In den Bäumen hingen bunte Glühbirnen, das Fleisch auf dem Grill duftete, die Leute sangen, Hunde jaulten, »Bier, wer mag noch ein Bier«, schrie Simmerl.

Natürlich gefiel es mir.

»Klasse, wie du tanzt«, sagte Andreas und ich fand es immer schöner. Ich hatte so lange nicht getanzt. Sebastian ging solche Musik auf die Nerven und eine Disko mit Strawinsky oder Schubert gab es leider nicht. Alles war so schwierig mit Sebastian, dachte ich, als ich mit Andreas tanzte.

»Was denkst du?«, fragte er.

»Nichts«, sagte ich.

»Klasse«, sagte er. »Denken nutzt ab.«

Als es aus war, brachte Andreas mich nach Hause. Mit dem Rad. Den Autoschlüssel hatte sein Vater schon vor dem Fest versteckt.

»Das tut er immer, seitdem mein ältester Bruder sechs Monate im Krankenhaus war«, sagte Andreas. »Dabei mag ich überhaupt kein Bier.«

Er fuhr nach Ellering, mit mir auf dem Gepäckträger, und erzählte Familiengeschichten, von denen ich nur Fetzen hörte. Ich war so müde. Ich hatte meinen Kopf an seinen Rücken gelegt und schlief.

Vor unserem Haus schmusten wir ein bisschen. Aber er merkte, dass ich eigentlich nicht wollte.

»Hast du einen Freund?«, fragte er.

»Ich hatte einen«, sagte ich.

»Und ich eine Freundin«, sagte er und fing wieder an.

»Lass das lieber, Andreas«, sagte ich.

»Warum?«, fragte er. »Ich denke, es ist aus mit dem andern?«

»Ja«, sagte ich. »Aber ich mag ihn trotzdem noch.«

»Verstehe ich nicht«, sagte er.

»Kann ich mir vorstellen«, sagte ich.

Als er weg war, tat es mir Leid. Warum eigentlich nicht Andreas? Nicht mehr allein sein. Einer, zu dem man gehört.

Nächstes Mal machst du es anders, nahm ich mir vor.

Aber ich machte es wieder genauso.

Andreas hat es mir nicht übel genommen.

»Okay«, sagte er. »Dann gehen wir vorläufig auf den platonischen Trip. Nimm mich als Seelenfreund.«

Doch, ich mag ihn. Vielleicht komme ich eines Tages von Sebastian los. Vielleicht geht es dann mit Andreas.

Aber nicht in Ravenna. Nicht in Venedig.

Am Bahnhof Rodering verabschieden wir uns. Andreas muss heute schon anfangen mit seinem Traumjob, einmal Athen und zurück.

»Ich kriege eine tolle Uniform«, sagt er. »Und hoffentlich viel Trinkgeld. Lass dich nicht von den Hunden beißen, Binchen. Die sind scharf auf Briefträgerinnenbeine.« Gisa wünscht er einen schönen jungen Israeli oder einen schönen jungen Araber, je nachdem, und möglichst keine Bombe. Dann setzt er sich in sein komisches Auto und fährt unter furchtbarem Geknatter davon.

»Ein Spinner«, sagt Gisa. »Hoffentlich bleibt er uns erhalten. Mit diesem Ding nach Italien!«

»Er war erst beim TÜV«, sage ich.

»Dann haben die wohl geschlafen«, sagt sie. »Ich weiß übrigens, was du gegen ihn hast.«

»So?«, frage ich.

Sie nickt. »Er ist so schön normal.«

Zu Hause riecht es nach Kirschen und Himbeeren, ein richtiger Sommergeruch. Meine Mutter hat rote Grütze gekocht und ist gerade dabei, sie in eine Glasschale zu füllen.

Die Früchte stammen vom Schmittwirt. Berti hat uns eine ganze Reihe nützlicher Beziehungen verschafft: Beim Moser bekommen wir Milch, beim Strobel außer Eiern auch hin und wieder ein Huhn, das noch auf der Wiese kratzen durfte, und vom Schmittwirt Obst und Gemüse, garantiert ungespritzt. Jeden Morgen fährt meine Mutter ins Dorf und bringt mit der Milch, dem Obst und den Eiern auch ein paar Neuigkeiten mit: dass die Ernte doch noch etwas wird, vorausgesetzt, es bleibt trocken; dass die alte Schmittwirtin seit drei Tagen bewusstlos daliegt und wohl nicht mehr aufkommt; dass ausgerechnet der Manni vom Stangl, dessen ältester Bruder auf Pfarrer studiert, den Opferstock in der Kirche geleert hat und die Bürgermeistersfrau sich jedes Mal beim Fasching einen ganz jungen Burschen greift. Man kann sich nur wundern, wie viel in so einem Nest passiert.

»Probier mal«, sagt meine Mutter, als ich in die Küche komme. Ich hole mein Zeugnis aus der Tasche. »Sieh dir das erst an. Da! Chemie. Mathe. Physik.«

Sie legt den Löffel hin. »Bine! Dreimal ›sehr gut‹! Wunderbar! Das tut gut nach dem Ärger mit Berti. Papa freut sich bestimmt auch.«

Berti hat schon vor ein paar Tagen seinen blauen Brief bekommen.

»Wegen der langen Krankheit«, behauptet mein Vater um sich zu trösten. Berti selbst braucht keinen Trost, vor allem, weil sein Freund, der Moser Beni, ebenfalls hängen geblieben ist.

»Jetzt sind erst mal Ferien«, hat er gesagt. »Und nächstes Jahr wird's toll, da wissen wir immer schon alles, der Beni und ich.«

»Ob Papa mein Zeugnis überhaupt zur Kenntnis nimmt?«, frage ich.

»Bestimmt, Bine«, sagt meine Mutter, aber ich bin da nicht so sicher. Seit dem großen Krach hat er sich von uns abgesetzt. Als ob er nicht mehr dazugehört. Er spricht mit uns, wenn es nötig ist, erzählt auch manchmal ein paar Worte vom Geschäft, aber es klingt immer wie in einem leeren Saal, so weit weg ist er. Und wenn meine Mutter ihre Dorfgeschichten hervorholt, können nicht einmal Berti und ich richtig lachen, weil er dasitzt wie ein Besenstiel und keine Miene verzieht. Drei Wochen geht das schon so. Ich weiß nicht, wie lange er es noch durchhalten will. Und wir es aushalten sollen.

»Wenn er mein Zeugnis sieht«, sage ich, »muss er doch verstehen, warum ich nicht von der Schule gehe.«

»Verstehen?« Meine Mutter lässt Wasser in den Grützetopf laufen. »Das hat nichts mehr mit Verstehen zu tun. Er ist einfach verbiestert. Bockig. Zwei Frauen, die machen, was sie wollen! Ohne seine Genehmigung!«

Es ist das erste Mal, dass sie so über ihn spricht. Sonst hat sie ihn immer in Schutz genommen.

»Vielleicht wäre es anders, wenn er nicht diese Sorgen hätte«, sagt sie auch gleich. »Mit dem Junior klappt es wohl gar nicht. Soll ich uns schnell ein paar Kartoffeln braten?«

Ich nicke und sie stellt die Pfanne zurecht.

»Hoffentlich warten sie wenigstens noch eine Weile mit der Kanalisation.«

Ich setze mich an den Tisch, nehme die Zeitung und will einen Bericht über die Kämpfe in Afghanistan lesen.

»Heute Morgen ist mir wieder so ein Ding passiert«, sagt meine Mutter. »Ich habe einen Kotflügel gerammt, beim Einparken.«

»Schlimm?«, frage ich.

»Wahrscheinlich. Der Ilgner hat einen Tobsuchtsanfall gekriegt. Hinterher war es ihm peinlich, da hat er mich zum Kaffee eingeladen. ›Ich bin doch versichert, Frau Haller‹, hat er gesagt. ›Kein Grund zur Aufregung!‹ Beinahe komisch, was?«

Sie sitzt da und blickt auf ihre Hände. Die Finger sind rot vom Kirschenaussteinen, auch die Nägel.

»Wenn ich das bloß erst hinter mir hätte. Dieser Alptraum.«

»Es sind doch nur noch drei Wochen«, sage ich. »Drei Wochen! Und dann lachen wir drüber. Wenn du erst den Führerschein hast!«

»Vielleicht.« Sie zuckt unsicher mit den Schultern. »Hoffentlich. Aber irgendwann musste das wohl mal sein. So wie du mit deinem Abitur.«

Plötzlich habe ich das Gefühl, dass ich sie in den Arm nehmen muss. »Ich finde dich richtig gut, Mama«, sage ich.

»So?«, sagt sie und lacht. »Ich mich auch. Wir werden langsam erwachsen, Bine.«

An diesem Nachmittag sind wir an den Fluss gefahren, meine Mutter und ich. Seit Ewigkeiten ist das nicht passiert. Früher waren wir oft zusammen im Schwimmbad und ich habe noch ihre Ermahnungen im Ohr: »Bleib nicht so lange im Wasser! Zieh einen trockenen Badeanzug an! Kämm dich doch mal! Iss endlich was!« Mal sehen, ob sie es heute wieder so macht.

Wir sitzen am Ufer und sehen dem Wasser zu, das dunkelgrün, fast schwarz vorbeifließt. Es riecht ein bisschen fischig und ein bisschen brackig und sie erzählt mir, wie sie früher mit meinem Vater die Flüsse hinuntergepaddelt ist – 1960, als er noch nicht mein Vater war, sondern ihr Freund.

»Eigentlich«, sagt sie, »wollte ich einen ganz anderen heiraten. Werner hieß er und stammte aus einem Baugeschäft. Er hatte einen Porsche. Das war damals noch eine Sensation, alle haben mich beneidet.«

Sie schlägt eine Mücke tot, die sich auf ihr Bein gesetzt hat. Es gibt einen Blutfleck und ich muss sie mit Insektenöl einreiben.

Dann erzählt sie weiter von diesem Porschemenschen: dass er zwar sehr nett gewesen sei, aber entsetzlich unpünktlich. »Immer ist er zu spät gekommen. Wenn wir uns um sechs treffen wollten, brauchte ich vor sieben gar nicht hinzugehen. Aber natürlich habe ich es doch getan und gewartet, gewartet, gewartet. In meinem ganzen Leben habe ich nicht so viel gewartet. Und dann ist Papa gekommen, der hat das nie gemacht. Der war immer da.«

Ich erstarre beinahe vor Schreck.

»Das kann doch nicht wahr sein!«, sage ich. »Deswegen hast du ihn geheiratet? Weil er so pünktlich war?«

Sie fängt an zu lachen. »Nein, nicht deswegen. Oder nur ein bisschen. Zuverlässigkeit ist etwas wert, das soll man nicht so abtun. Aber natürlich war ich verliebt in ihn. Sehr sogar.«

Sie kratzt an ihrem Mückenstich, der immer mehr anschwillt.

Verliebt in meinen Vater! Mein Vater mit der halben Glatze und dem Bauch und den Sprüchen.

»Er war so witzig«, sagt sie. »Du weißt doch, wie er erzählen kann. Und was wir alles gemacht haben! Bootfahren. Bergsteigen. Tanzen.«

»Tanzen?«, frage ich. »Kann Papa denn tanzen?«

Sie sieht mich missbilligend an. »Sei nicht kindisch, Bine. Als ob du nicht wüsstest, dass wir auch mal jung waren. Du kennst doch die Fotos.«

Ich nicke. Die Fotos sind so unwirklich. Zwei junge Leute mit leeren Gesichtern, die meinen Eltern ähnlich sehen.

»Ich finde dich jetzt viel hübscher«, sage ich.

»Himmel!« Sie lacht. »Ist ja nett von dir. Aber Papa sieht auch noch gut aus, nicht? Natürlich hat er sich verändert. Nicht nur äußerlich. Wir beide.«

Mit einem Seufzer legt sie sich auf den Bauch. Ein Trupp Enten schwimmt vorbei. Zwei watscheln ans Ufer und äugen uns an.

»Komisch«, sagt sie. »Da heiratet man jemand und plötzlich wird er ein ganz anderer. Haben wir nicht was für die Enten?«

Sie holt eine Semmel aus ihrer Tasche und wir füttern die Enten. Sie rücken immer näher heran.

»Das, was jetzt bei uns ist«, sagt meine Mutter, »da müssen wir durch.«

Sie steht auf. »Komm, wir baden.«

Das Wasser ist warm und weich. Wir lassen uns von der Strömung treiben, gehen zurück, lassen uns wieder treiben, wieder und wieder. Mein Vater wartet schon, als wir nach Hause kommen.

»Was ist denn passiert?«, fragt er zur Begrüßung.

»Wir waren beim Baden«, sagt meine Mutter. »So ein schöner Tag!«

Mein Vater sieht sie perplex an. »Kann ich eventuell was zu essen kriegen?«

Er hat, glaube ich, noch nie erlebt, dass sie nicht in der Küche steht, wenn er erscheint.

Zu meinem Zeugnis sagt er: »Sehr schön, wirklich. Damit hättest du sofort bei der Bank anfangen können.«

Am letzten Nachmittag, bevor Gisa nach Israel fliegt, fahre ich noch einmal zu ihr und helfe beim Packen. Ihr Zimmer ist ein Chaos. Sie hat alles aus den Schränken geholt, angeblich um eine bessere Übersicht zu bekommen, und findet jetzt überhaupt nichts mehr.

Israel. Ich möchte sie am liebsten festhalten. Sie könnte doch ebenso gut in einer friedlicheren Gegend arbeiten, in Paris vielleicht, bei diesem Pater, der mit Jugendlichen aus der ganzen Welt Obdachlose betreut. Auch bei uns brauchen sie Helfer, in Behindertenheimen, in Flüchtlingslagern, überall. Aber nein, es muss Israel sein.

»Ausgerechnet Israel«, sage ich noch einmal.

Sie holt Jeans aus dem Schrank und mustert sie.

»Gehen die noch? Oder fallen sie auseinander? Und ob man warme Sachen mitnehmen muss? Was willst du eigentlich? In Paris gehen auch Bomben hoch. Und in Bologna haben sie gerade den Bahnhof in die Luft gejagt. Und Spanien und Irland erst! Ist doch egal, wovon einem schlecht wird.«

Sie wirft ihren roten Pulli in den Koffer. »Übrigens, gleich kommt Hannes.«

»Wer?«

»Hannes. Er hat vorhin angerufen.«

Ich stehe auf. »Den will ich nicht treffen.«

»Jetzt entspann dich mal«, sagt sie. »Du kannst doch nicht um jeden, der Sebastian mal die Hand gegeben hat, einen Bogen machen. Langsam wird das zur Macke. Leg lieber meine Blusen zusammen.«

Später bin ich ganz froh, dass ich Hannes wieder sehe, einen von früher. Hannes ist nach dem Abitur in München geblieben. Er macht Zivildienst in einem Altersheim.

»Wenn ich nicht von Gisa wüsste, dass es dich noch gibt«, sagt er, »hätte ich gedacht, du seist gestorben. Gefällt es dir hier denn so gut?«

»Es geht«, sage ich.

Gisa bringt Tee und Kuchen. Ihr Koffer ist fast fertig gepackt.

»Das Einzige, wovor ich Angst habe, ist die

Hitze«, sagt sie. »Na ja, in vier Wochen sind wir auf dem Gletscher. Du musst mir unbedingt neue Steigeisen besorgen, Hannes. Und den Biwaksack abholen. Vergiss das nicht.«

»Hauptsache, dir passiert nichts«, sagt er. »Israel! Ausgerechnet jetzt, wo es da wieder losgeht. Aber tu, was du musst.«

Er wendet sich zu mir. »Vor ein paar Tagen war ich bei Sebastian. Seit dem Abitur geht es ihm viel besser. Nächste Woche fährt er nach Belgien, so ein Sommerkurs bei irgendeinem berühmten Geiger.«

Hannes trinkt seinen Tee aus, sieht mich an, zögert. »Er ist jetzt übrigens mit einer Pianistin zusammen«, sagt er schließlich. »Corinna heißt sie. Entschuldige, aber wahrscheinlich interessiert dich das.«

Ich antworte nicht und Gisa sagt: »Warum soll er nicht? Sabine ist ja auch mit Andreas zusammen. Das kannst du ihm erzählen.«

»Wenn ich ihn wieder sehe. Im Herbst.«

»Ich bin gar nicht mit Andreas zusammen«, sage ich. »Ich lauf nur ab und zu mal mit ihm rum.«

Gisa seufzt. »Du bist wirklich nicht zu retten.«

Gegen sieben fahre ich nach Hause, meine vier Kilometer, diesen Weg, den ich schon auswendig kenne. Der Mais steht prall und saftig, das Korn wird langsam gelb, auf den Wiesen bimmeln die Kühe. In diesem Jahr fangen sie später mit der Ernte an als sonst, weil der Sommer so schlecht war.

Also eine Pianistin. Das braucht er wahrscheinlich. »Schade, dass wir nicht zusammen musizieren können«, hat Sebastian manchmal gesagt.

Ob er mit ihr das Gleiche macht wie mit mir? Summsummsumm, das geht wenigstens nicht, wenn sie Corinna heißt. Aber an ihrem Ohr spielen. »Damit habe ich schon als Baby angefangen«, hat er gesagt. »Bei meiner Mutter. In einer früherotischen Phase.«

Dieses sanfte Knaspeln am Ohr . . .

Gisa hat Recht. Ich bin nicht zu retten.

9

»Aufstehen, Sabine!«, ruft meine Mutter. »Drei viertel sieben.«

Wieder habe ich den Wecker nicht gehört. So tief wie jetzt schlafe ich sonst nie. Kein Wunder bei den fünfundzwanzig Kilometern jeden Tag, den Weg nach Moosberg und zurück eingerechnet.

Ich dusche, nehme ein Stück Brot in die Hand und fahre los. Sechzehn Minuten nach sieben stehe ich auf meinem Platz. Eine Minute zu spät und die Ruhdorfer sagt: »Unser feines Fräulein hat's nicht nötig.«

Kurz vor halb acht kommt das Auto mit den Postsäcken und das Sortieren beginnt. Zuerst die Grobsortierung, dann das Einordnen nach Straßen und Hausnummern.

»Na, Binerl, alles klar?«, erkundigt sich der Einhorn und kriecht so dicht an mich heran, dass ich wieder seinen Knoblauch von gestern rieche. Der Einhorn isst jeden Abend eine klein gehackte Knoblauchzehe. »Die beste Medizin«, verkündet er regelmäßig. »Das erhält die Manneskraft.« Dazu stößt er sein keckerndes Gelächter aus. Die Ruhdorfer lacht jedes Mal begeistert mit, wogegen Frau Bauer »Geh, Sepp, das wissen wir schon« sagt.

Der Einhorn, die Ruhdorfer und Frau Bauer sind meine Kollegen. Vor drei Wochen, als ich im Moosberger Postamt angefangen habe, war die Ruhdorfer im Urlaub und Herr Fuchs noch da. Herrn Fuchs mochte ich. Seine Tochter ist so alt wie ich, deshalb hat er mich adoptiert, mir die Kniffe beim Sortieren gezeigt und aufgepasst, dass der Einhorn mir nicht zu nahe kam.

»Gleich einen Tritt geben!«, hat er gesagt. »Das braucht der Sepp, das versteht er auch.«

»Da kennst die Frauen nicht, Karl, die mögen's, wenn man sie tätschelt«, grinste der Einhorn und Frau Bauer murmelte: »Geiler Bock. Gut, dass ich mir dieses Zeug nicht mehr lange anhören muss.«

Frau Bauer wird im Herbst pensioniert. Sie war fast dreißig Jahre Briefträgerin. Jetzt sitzt sie am Schalter, wenn wir auf unseren Gängen sind. »Ich bin genug gelaufen«, sagt sie. »Die Kilometer, wenn ich die zusammenzähl, da war ich gewiss schon zweimal in Amerika. Hoffentlich leb ich noch ein bisserl, damit ich endlich auf dem Balkon liegen kann.«

Ihre Beine sind rot und geschwollen. »Wasser«, sagt sie. »Das kommt vom Herzen.«

Frau Bauers Mann ist 1944 gefallen. Sie hat zwei Kinder großgebracht mit ihrer Arbeit bei der Post, und später noch das Kind ihrer jüngsten Tochter. »Heiraten hab ich nicht mehr mögen«, hat sie mir erzählt. »Mein Gustl, das war so ein guter Mann. So einen guten hätt ich nicht noch mal gekriegt.«

»Gewollt hättst schon, hat bloß keiner gefragt«, meinte die Ruhdorfer, die in der Nähe stand, worauf Frau Bauer ihr einen langen Blick zuwarf und seufzte.

»Die Traudl«, sagte sie, »die wechselt die Mannsbilder wie's Hemd. Die weiß gar nicht, wie das ist, wenn man einen mag.«

Solche Gespräche finden morgens beim Sortieren statt. Eigentlich darf man dabei nicht reden. Aber in Moosberg geht es gemütlicher zu als auf den großen Ämtern.

Seit einer Woche ist Herr Fuchs im Urlaub und die Ruhdorfer wieder da.

»So?«, hat sie gesagt, als Frau Bauer mich mit »Das ist die Aushilfe, Sabine heißt sie, sie geht noch zur Schule« vorstellte. »So? Zum Geldverdienen sind wir hier gut genug, wie?«

Sie hat etwas gegen mich, beziehungsweise gegen Schüler und Studenten, die »anderen Leuten die Arbeit wegnehmen, damit sie sich ein Auto kaufen können«. Von dieser Vorstellung ist sie nicht abzubringen. Ich lasse sie reden. Die letzten drei Wochen stehe ich auch noch durch.

Die Ruhdorfer ist so unterbelichtet, dass es einem beinahe Leid tun kann.

»Vier Jahre ist die Traudl nun hier«, hatte Herr Fuchs gestöhnt. »Und kann immer noch nicht Meier und Maier und Mayer auseinander halten. Und solch eine müssen wir durchschleppen.«

Aber da hat Frau Bauer sie in Schutz genommen, mit der Bemerkung: »Alle wollen leben, auch die Depperten.«

Frau Bauer sortiert die Post so ruhig und sicher wie ein Automat. Sie kann ganze Geschichten dabei erzählen und gerät trotzdem nicht aus dem Takt. Diese Schwänke aus ihrem Leben. – Im Fernsehen könnte sie damit auftreten. Ihre Hochzeitsstory zum Beispiel: »Ob man's glaubt oder nicht« – mit diesem Satz fängt sie immer an – »ob man's glaubt oder nicht, mein Gustl und ich, wir hatten drei Jahre gespart, so lang, wie wir miteinander gegangen sind. Aber viel war's nicht, gerade genug für Schlafzimmer und Küche, dann war's weg. Und einen Tag nach der Hochzeit wär die Miete fällig gewesen für die neue Wohnung. Da haben wir halt das ganze Dorf eingeladen. Bei uns hier, da kostet das ja nix, weil jeder sein Essen selbst zahlt, Mahlgeld heißt's, das ist so Sitte, und die Musik war eh bestellt. Also, wir haben alle eingeladen, und wenn einer wissen wollt, was wir uns wünschen, haben wir gesagt: »Keine Blumen. Und kein Sach.« Da hat halt jeder einen Umschlag mitgebracht und überall war was Hartes drin, Münzen, damals haben die Leute ja noch nicht so um sich geschmissen mit den Scheinen. Ich hab nur immer gefingert, ob's wenigstens ein Fünfer ist, und in der Kirch hab ich gebetet: Lieber Gott, mach, dass es für die Miete reicht. Nach der Feier haben wir dann im Bett gesessen und das Geld gezählt.«

»In der Hochzeitsnacht?«, hat die Ruhdorfer gekreischt.

»Ja geh, Traudl!« Frau Bauer hat sie kopfschüttelnd angesehen.

»Verstehst das nicht? Die Miete war am nächsten Tag fällig. Und verheiratet, haben wir gedacht, sind wir noch lang. Wenn wir gewusst hätten, dass mein Gustl sechs Monate später nach Polen muss – und dann nach Russland . . .«

Sie zögerte einen Moment, nur ihre Augen und Hände arbeiteten weiter. »Nein«, sagte sie dann. »Gezählt hätten wir's trotzdem.«

Schon allein wegen Frau Bauer gefällt mir mein Job. Auch beim Austragen finde ich mich jetzt besser zurecht. Zuerst war es schlimm, vor allem mit den vielen kleinen Straßen im Neubaugebiet. Manchmal hätte ich das ganze Zeug, diese Briefe, Karten, Drucksachen, Zeitungen, Wurfsendungen, Überweisungen, Nachnahmen am liebsten auf die Müllkippe geschmissen. Aber inzwischen weiß ich einigermaßen Bescheid und die Namen auf den Umschlägen, die Straßen und Hausnummern bekommen Gesichter.

Heute sind meine Taschen nicht so schwer. Ich packe sie auf das Dienstrad, eine hinten, eine vorn. Es wird wieder heiß werden, richtige Hundstage. Wenn ich mich beeile, kann ich gegen halb zwei fertig sein.

Das erste Stück geht bergauf, ich muss schieben. Die Ruhdorfer mit ihrem Moped rauscht an mir vorbei, wie ein Mercedes an einer Ente. Die Bahnhofstraße, das Dorf, dann die Siedlung. Ich stelle mein Rad an einen Zaun und löse die Verschnürung von dem Lerchenstraßenbündel.

Herrn Ludwig Hufnagel, steht auf den beiden obersten Umschlägen – der Briefmarkensammler von Nummer siebzehn, dem ich so viel Post aus dem Ausland bringe. Er ist gerade beim Rasenmähen, ein netter weißhaariger Opa, in Turnhosen und mit einem grünen Strohhut.

»Was für mich, kleines Fräulein?«, fragt er und kommt zur Gartentür.

Ich gebe ihm seine Briefe, jeder mit abenteuerlichen Marken beklebt. »Da haben Sie mir aber was Hübsches gebracht«, sagt er und ich muss die Marken bewundern. Dann holt er ein Glas Kirschsaft für mich.

»Ja, ja«, sagt er und sieht zu, wie ich trinke. »Irgendwas muss man tun, wenn man pensioniert ist. Sie haben es gut, Sie können Post austragen.«

Gegenüber von Herrn Hufnagel wohnt eine Familie mit fünf Kindern, von eins bis sieben ungefähr. Dr. Friedrich Pohl steht an der Tür. Aber die meiste Post bekommt die Frau – lauter Versandhauskataloge und Prospekte von Modegeschäften, Wäschefabriken und Kosmetikfirmen. Dabei sieht sie nach allem Möglichen aus, nur nicht nach Mode und Kosmetik.

Schade, dass ich sie nicht fragen kann, wozu sie das ganze Papier benötigt.

»Zum Träumen«, meint Frau Bauer. »Fünf Kinder und der Mann nie da – irgendwas braucht der Mensch. Als Briefträger, da kriegst einen Einblick, Sabine. Mehr als in der Schule.«

Kurz vor eins bin ich fertig, fast ein Rekord. Ich lasse mich bergab rollen, zum Postamt zurück. Der Wind weht mir ums Gesicht. Ich bin froh, dass ich es wieder geschafft habe.

Frau Bauer hat ihren Schalter geschlossen und trinkt Kaffee aus einer Thermosflasche. Ich gebe ihr die Quittung für Einschreiben und Geldsendungen und stelle meine leere Tasche auf ihren Platz.

»Geht's zum Baden heut?«, erkundigt sie sich.

Ich nicke.

»Bade du nur«, sagt sie. »Genieß deine Jugend. Ist eh bald vorbei.«

Mit diesem Trost im Herzen kann ich nach Hause fahren.

Zu Mittag gibt es Kartoffelsalat mit Spiegelei, hinterher Vanillepudding. Ich nehme zweimal von allem, auch vom Pudding.

»Hast du keine Angst, dass du zu fett wirst?«, fragt Berti mit einem bekümmerten Blick auf die Puddingschüssel.

»Nein«, sage ich. »Nicht bei der Post.«

»Kind!« Meine Mutter sieht mich besorgt an. »Wie dünn du bist. Mach doch wenigstens zwei Wochen Ferien.«

Aber ich denke nicht daran. Mein Vater soll sein Kostgeld bekommen, und wenn ich zum Schluss durch einen Briefkastenschlitz passe. Bisher hat er auch noch kein Mitgefühl geäußert.

»Arbeit schadet keinem«, war sein Kommentar. »Wieso soll es für einen Schüler schwerer sein als für einen Lehrling?«

Im Übrigen reden wir kaum miteinander. Er stellt keine Fragen und weiß nicht einmal, wie viel ich verdiene. »Ungefähr zehn Mark Stundenlohn«, habe ich gesagt, aber nicht, dass vierzig Wochenstunden verrechnet werden, ganz gleich, wie lange man fürs Austragen braucht.

Auch meine Mutter spricht ihn nur noch an, wenn es um Haushaltsfragen geht. »Mülleimergespräche«, hat ihre Freundin Inge das genannt, als sie am vorigen Sonntag hier war. »»Hast du den Mülleimer runtergebracht? Soll ich ihn runterbringen?‹ Zum Heulen. Bei euch ist es doch immer ganz lustig gewesen. Hoffentlich kommt dein Vater wieder zu sich.«

Am meisten, glaube ich, leidet Berti.

»Pass auf, Bine, die lassen sich scheiden«, hat er erst gestern wieder gesagt. »Wie Ulis Eltern. Die haben auch nicht mehr miteinander geredet und auf einmal war Ulis Papa weg.«

Manchmal versucht er zu vermitteln, auf seine ganz spezielle Art. Am Sonntag zum Beispiel.

»Wenn man in eine Jauchegrube fällt, dann erstickt man«, sagte er. »An den Gasen von der Scheiße.«

»Berti!«, rief meine Mutter. »Wir essen!«

»Soll ich da mal reinfallen?«, fragte er und blickte erwartungsvoll von einem zum andern.

»Hör auf mit dem Quatsch«, knurrte mein Vater.

Berti beugte sich vor und sah ihm ins Gesicht. »Was würdest du da zu Mama sagen?«

»Du fällst nicht rein«, sagte mein Vater.

»Da würdet ihr doch bestimmt zusammen weinen«, sagte Berti. »So wie bei der Sepsis. Oder?«

Wieder dieser Blick und meine Mutter lief aus der Küche.

Als Berti klein war, hat er eine Art Aufsatz schreiben müssen. »Ein Unfall mit dem Rad«, hieß er. Wir haben ihn aufgehoben, weil er so schön war:

»Einmal habe ich einen Unfall mit dem

Fahrrad gehabt. Da war ich tot. Da ist mein Vater in den Wald gegangen und hat sich aufgehängt. Meine Mutter ist mit mir zur Beerdigung gegangen, dann war sie auch tot. Nun lebt nur noch meine Schwester Sabine und weint.«

Hoffentlich stürzt er sich nicht in die Jauchegrube, nur um die Familie zusammenzuführen.

»Es rüttelt sich alles ein«, habe ich ihn zu trösten versucht. »Sowie Mama den Führerschein hat.«

Aber Berti wollte sich nicht beruhigen lassen.

»Die fällt bestimmt durch. Neulich haben sie mich mal mitgenommen.« Er starrte düster vor sich hin. »Mann, Bine, wie die rumgurkt!«

»Erzähl das bloß nicht Mama!«, sagte ich. »Auf keinen Fall.«

Berti schüttelte den Kopf. »Die weiß das sowieso.«

In ein paar Tagen muss sie zur Prüfung. Mir zieht sich der Magen zusammen, wenn ich daran denke. Berti hat Recht, sie glaubt nicht daran, dass sie durchkommt.

Der Kartoffelsalat ist fast aufgegessen. Meine Mutter stellt den Rest in den Kühlschrank. Berti hat sich bereits verzogen. Vor dem Abendessen wird er nicht wieder auftauchen.

»Nachher habe ich die letzte Fahrstunde«, sagt sie. »Eigentlich müsste ich noch zehn nehmen. Mindestens.«

»Dann tu's doch«, sage ich.

»Wovon denn? Etwa Papa bitten?« Sie setzt

sich zu mir an den Tisch. »Ich weiß, dass ich durchfalle, Bine.«

»Warum hast du eigentlich so wenig Selbstvertrauen?«, frage ich.

»Selbstvertrauen?« Sie zögert und lächelt plötzlich, ein merkwürdiges Lächeln, verlegen, trotzig, aufsässig. »Vielleicht habe ich gar nicht so wenig. Weißt du, was morgen passiert? Morgen setze ich eine Anzeige in das Bruckauer Tageblatt. Dass ich eine Halbtagsstelle suche. Als Sprechstundenhilfe! Da staunst du, was? Aber ich muss was tun! Gerade wegen meiner Angst. Und weil Papa so zu mir ist. Und der Ilgner auch. Ich muss mir Mut machen, verstehst du das?«

»Doch!«, sage ich.

»Neulich«, sagt sie, »da hat der Ilgner mich wieder mal angebrüllt und ich war so fertig und hab geheult. Und da hat er gesagt: ›Wissen Sie, Frau Haller, bei anderen brülle ich nie. Da bin ich ganz anders. Aber Sie fordern mich direkt dazu heraus. Weil Sie sich so ducken.‹«

»Blöder Hirsch«, sage ich.

»Wieso? Er hat ja Recht.« Sie ballt die Fäuste und legt den Kopf nach hinten. »Darum mache ich das mit der Anzeige, Bine. Ich will mich nicht mehr ducken, ganz egal, ob ich nun durchfalle oder nicht.«

»Ich auch nicht«, sage ich. »Ich will mich auch nicht mehr ducken«, und wir bleiben sitzen und reden miteinander, bis draußen der Ilgner hupt.

Das war vor vier Tagen. Und jetzt ist es so weit. Am liebsten wäre ich nicht zur Arbeit gefahren. Meine Mutter mit ihrem Angstgesicht. Und niemand im Haus außer Berti. Natürlich regnet es auch wieder. Ein Dauerwolkenbruch. Wasser überall. Von oben der Regen, von unten die Pfützen, von der Seite die Autospritzer. Schon nach einem Kilometer triefe ich. Und bei diesem Wetter soll sie ihre Prüfung machen. Hoffentlich fällt sie nicht durch.

»Zwanzig nach sieben«, sagt die Ruhdorfer zur Begrüßung. »Die hat's wohl nicht mehr nötig, wie?«

»Die Unterführung stand unter Wasser«, sage ich. »Da habe ich es nicht schneller geschafft.«

Die Ruhdorfer schnaubt verächtlich. »Such dir eine andere Arbeit, wenn du's nicht schaffst.«

»Red nicht so deppert daher, Traudl«, sagt Frau Bauer und die Ruhdorfer hält den Mund. Aber beim Sortieren geht es wieder los.

»Pass halt auf für dein Geld«, sagt sie und schmeißt mir einen Brief, den ich versehentlich in ihr Fach gelegt habe, so zu, dass er auf dem Boden landet.

Ich weiß, ich bin nicht richtig bei der Sache. Das »Hoffentlich fällt sie nicht durch« arbeitet wie eine Schraube in meinem Kopf. Ich versuche mich zu konzentrieren und mache trotzdem zwei Fehler hintereinander.

»Jetzt langt's aber«, faucht die Ruhdorfer.

»Gibt an wie zwei nackte Neger mit ihrem Gymnasium und kann nicht mal lesen.«

Da drehe ich durch. »Wer hier nicht lesen kann, wissen wir ja«, fauche ich zurück. »Jemand mit Minihirn und Giftzahn.«

Sie legt den Brief hin, den sie gerade in der Hand hält.

»Sag das noch mal!«

»Wer hier nicht lesen kann, wissen wir ja«, wiederhole ich in der gleichen Lautstärke unter Weglassung des Restes, worauf die Ruhdorfer gegen mich anrückt und »Blöde Henne blöde, dir werd ich's zeigen« keift.

»Geh, Traudl«, versucht Frau Bauer sie zu beruhigen. »Tu deine Arbeit, es pressiert.«

»Muss ich mir das von der da gefallen lassen?«, schreit die Ruhdorfer. »Die denkt wohl, sie ist was Besseres, weil sie sich auf der Schule rumdrückt für unser Geld.«

»Deine Arbeit sollst du tun«, sagt Frau Bauer. »Sonst nix. Du auch, Sabine.«

Aber ich kann nicht. Ich muss meine Wut loswerden.

»Ich habe noch nie gedacht, dass ich was Besseres bin«, keife ich. »Mein Vater ist kein Kapitalist, der ist Möbelverkäufer, und ich jobbe nicht für ein Auto, sondern für mein Essen und Trinken und Wohnen, und ich drücke mich nicht auf der Schule rum, ich arbeite ebenso viel wie du, vielleicht noch mehr, weil mir meine Eltern kein Geld fürs Studium geben können und ich ein Stipendium brauche.«

»Studieren will's auch noch, die Henne«, schreit die Ruhdorfer und ich schnappe nach Luft.

Da kommt mir der Einhorn zu Hilfe.

»Sei still, Binerl«, sagt er. »Die Traudl kapiert sowieso nichts davon.«

Jetzt geht die Ruhdorfer auf ihn los: »So? Warum denn nicht? Bist scharf auf sie?«

Der Einhorn lässt sich nicht aus der Ruhe bringen.

»Du kapierst das nicht«, sagt er. »Aber ich. Ich wär auch gern aufs Gymnasium gegangen, aber mein Alter hat mich nicht gelassen und Schneid hab ich auch keinen gehabt. Schade, vielleicht wär ich Postrat geworden, dann müsst ich nicht bei diesem Sauwetter die Knochen hinhalten. Die Sabine hat Schneid, das gefällt mir.«

»Er ist scharf auf sie«, murmelt die Ruhdorfer erschüttert und Frau Bauer sagt: »Jetzt seid still, sonst kriegen die Leut keine Post.«

Später, als mein Puls wieder normal läuft, ärgert es mich, dass ich nicht den Mund gehalten habe. Der Einhorn hat Recht, die Ruhdorfer kapiert nichts, und das ist schließlich nicht ihre Schuld.

»Was legst dich mit der Traudl an«, sagt auch Frau Bauer. »Hast einen Verstand und eine Zukunft, da lass die Traudl reden.«

Ich erzähle ihr von der Fahrprüfung und dass ich mir Sorgen mache, und sie nickt und sagt: »Ja, den Führerschein, den hätt ich auch gern.

Ist ja nicht viel Post heut, da kannst du früh daheim sein.«

Aber es ist gar nicht so wenig und bei Regen dauert alles länger. Um Pfützen herumfahren, aufpassen, dass die Briefe nicht nass werden – eine Minute kommt zur anderen. Die Zeit vergeht. Hoffentlich ist sie nicht durchgefallen, denke ich. Hoffentlich ist sie nicht durchgefallen.

Und dann, als ich in die Küche komme und ihre verheulten Augen sehe, weiß ich Bescheid.

»Ich habe es ja geahnt«, sagt sie. »Ich habe es immer gewusst.«

»Sie hat ganz lange geweint«, flüstert Berti. Er sitzt neben ihr auf der Eckbank und blickt sie unentwegt an, so als müsste er aufpassen, dass ihr nicht noch mehr zustößt.

»Wie ist es denn passiert?«, frage ich.

»Der Prüfer, dieses gemeine Schwein«, legt Berti los.

»Sei still, Berti«, sagt meine Mutter. »Erstens sagt man so was nicht und zweitens war er im Recht.«

Aber Berti kommt erst richtig in Fahrt. »Ist er aber! Ein ganz gemeines Schwein. Ein Sauhund, ein ekelhafter. Weißt du, was der gemacht hat, Bine? In einer Einbahnstraße, da stand ein Möbelwagen, so ein Trumm, klar, da ist sie nicht dran vorbeigekommen. Und da hat er sie durchfallen lassen, dreckiger Hammel, verreckter.«

»Jetzt ist es aber genug mit diesen Worten, Berti«, sagt meine Mutter. »Und erzähl keine falschen Sachen. Er hat mich nicht deswegen durchfallen lassen, sondern weil ich vorbei wollte und auf den Bürgersteig gefahren bin.« Sie sieht mich mit einem jammervollen Blick an. »Und da gingen gerade ein paar Leute.«

»Hast du die überfahren?«, frage ich erschrocken.

Sie schüttelt den Kopf. »Aber beinahe. Ich habe die überhaupt nicht gesehen. Ich habe nur immer gedacht, wie kommst du an dem Ding vorbei.«

»Ich wär auch auf den Bürgersteig gefahren«, erklärt Berti. »Macht doch jeder! Papa auch, habe ich selbst gesehen. Und die Arschlöcher konnten ja abhauen, wenn du ...«

»Schluss, Berti!«, ruft meine Mutter dazwischen. »Nicht dieses Wort.«

Sie legt den Arm um ihn. »Lieb von dir, dass du mich in Schutz nimmst. Aber man darf das nun mal nicht. Schon gar nicht bei der Prüfung. Dabei bin ich vorher so gut gefahren. Alles richtig, sogar rückwärts einparken.« Sie fängt schon wieder an zu schlucken.

»Und jetzt ist alles aus.«

»Aus?«, sage ich. »Wieso denn aus? Du machst die Prüfung noch mal und dann schaffst du es. Alle fallen beim ersten Mal durch. Fast alle.«

Sie steht auf, stellt einen Topf mit Suppe auf den Herd und fängt an wie wild darin herumzurühren.

»Ich habe kein Geld mehr. Keine Mark. Und

gerade habe ich eine Stelle gefunden, bei einem Arzt, Dr. Braun in Jesendorf, da komme ich doch bloß mit dem Auto hin.« Sie lässt sich auf die Bank fallen. »Es sollte eine Überraschung werden.«

Jetzt weint sie wirklich. Die Tränen laufen ihr übers Gesicht, und wie das so üblich ist bei uns in der letzten Zeit, Berti und ich weinen mit.

Am Nachmittag regnet es nicht mehr. Der Himmel ist klar und die Sonne scheint. Wie schnell das manchmal geht. Ich habe die Liege auf die Terrasse gebracht, strecke mich aus und blicke in die Birkenzweige. Ich möchte schlafen und kann nicht.

Meine Mutter ist mit Berti zur Heißmangel gefahren. Jeder hat einen Karton mit Wäsche hinten auf dem Gepäckträger. Sonst macht Berti immer einen Tanz, wenn er zu solchen Diensten herangezogen wird. Heute hat er ohne ein Wort sein Rad aus dem Schuppen geholt.

Wie soll es jetzt weitergehen?

Acht Stunden ungefähr, meint der Ilgner, braucht sie noch, um sicherer zu werden und nicht wieder aus Panik »lauter dicke Hunde« zu machen. Acht Stunden, dazu noch einmal die Prüfungsgebühren, zweihundertfünfzig Mark alles in allem.

Das Geld könnte sie von mir bekommen. Aber plötzlich will sie für den Führerschein keinen Pfennig mehr ausgeben als die berühmten tausend Mark von Tante Hanni.

»Dann wird Papa ja ganz verrückt«, hat sie geschluchzt.

Eigentlich kann ich es mir nicht vorstellen. Er müsste doch einsehen, dass weitermachen besser wäre, als tausend Mark sinnlos zu beerdigen. Aber vielleicht, wer weiß, wird es auch die Stunde seines Triumphes. »Ich habe es gleich gesagt! Hochmut kommt vor dem Fall!« So in der Richtung. Und was die Halbtagsstelle bei dem Arzt betrifft – ich glaube nicht, dass mein Vater das als freudige Überraschung betrachtet.

Trotzdem, wir müssen mit ihm reden heute Abend. Er hat lange genug den Beleidigten gespielt. Ich denke daran, wie er früher gewesen ist, hilfsbereit und immer zur Stelle, wenn man ihn brauchte. Da kann er doch meine Mutter jetzt nicht im Stich lassen.

»Einen kranken Hund soll man nicht treten.« Auch das gehört zu seinen Sprüchen.

Ganz gleich, was er sagt, ich werde die verflixten zweihundertfünfzig Mark nehmen und meine Mutter zur Fahrschule Ilgner schleppen.

Es ist so still heute Nachmittag. Ein Traktor brummt in der Ferne, die Kühe bimmeln, sonst nichts. Ich stehe auf und hole mir ein Glas Milch. Zweihundertfünfzig Mark! Zweihundertfünfzig Mark haben oder nicht haben sind fünfhundert. Und eigentlich wollte ich eine Woche früher Schluss machen bei der Post, wegen Andreas.

In der vorigen Woche stand er plötzlich vor unserer Tür mit seinem komischen Auto. Wir hatten uns nur zweimal kurz gesehen seit Ferienanfang. Aber jetzt hatten wir einen Nachmittag zusammen frei und fuhren an den Ammersee, dorthin, wo er Gisa und mich an dem schulfreien Mittwoch gefunden hatte. Andreas und ich am See . . .

Es ist fast wie damals, warm und windstill, Segelboote auf dem Wasser und wir am Ufer. Ich bin so allein gewesen die ganze Zeit. Ich bin froh, dass er da ist.

»Neulich«, sagt er, »war mein ganzer Schlafwagen besoffen. Ein Kegelklub auf Griechenlandfahrt.«

»Und du?«, frage ich.

»Ich auch. Die haben es einfach in mich reingekippt.«

Seine Hand liegt auf meinem Kopf. Er krault mich wie einen jungen Hund.

»Nichts gegen meinen Schlafwagen. Da laufen ganz scharfe Sachen, sage ich dir. Was ich schon alles gehabt habe! Fehlgeburten, Junkies, Kofferklaus, Ehekräche. Einmal hat eine alte Tante behauptet, sie sollte in dieser Nacht ermordet werden.«

»Ist doch nicht wahr!«, sage ich.

Er krault mich immer noch. »Die wollte unbedingt, dass ich bei ihr im Abteil bleibe. Überhaupt, wer mich da alles vernaschen will!«

»Angeber«, sage ich.

»Was heißt hier Angeber?« Er legt sein Gesicht an meins. »Ein dufter Typ wie ich! Nur du willst nicht.«

»Doch«, sage ich und es ist schön, dass er da ist. Sebastian und seine Pianistin. Andreas und ich. Nicht mehr allein sein. Keine trauernde Witwe mehr, wie Gisa es nennt.

»Weißt du, welches Datum heute ist?«, fragt Andreas.

»Der zweiundzwanzigste«, sage ich. »Warum?«

»Weil wir in genau sechzehn Tagen zusammen wegfahren«, sagt er. »Am sechsten September.«

»Wir?«, frage ich. »Ich nicht. Ich arbeite bis zum dreizehnten.«

»Irrtum. Bis zum sechsten! Ich jobbe eine Woche länger, dann habe ich genug Kohlen für uns beide.«

Ich setze mich auf. »Kommt nicht in Frage!«

»Wieso?« Er zieht mich wieder zurück. »Sei nicht komisch. Ist doch egal, wer gerade Geld hat, mal du, mal ich. Oder?«

»Ich hab aber nie was«, sage ich.

»Und ob! So eine tolle Chemikerin, wie du mal wirst!« Er lacht wie über einen guten Witz.

»Vielleicht in hundert Jahren«, sage ich.

»Dann warte ich solange.« Er fängt schon wieder mit der Kraulerei an. »Hauptsache, du kommst mit. Goethe ist tot, Marx ist tot, Gott ist tot – wer weiß, was das Leben noch bringt.«

»Jetzt sei doch mal ernst!«, sage ich. »Eine Woche weniger arbeiten! Da fehlen mir dreihundertfünfzig Mark! Und ich brauche auch was für mich, für Bücher und Chemikalien und Geräte.«

»Geräte!« Er blickt gen Himmel und seufzt. »Die Frau spinnt. Was ist wohl wichtiger, ein paar beknackte Reagenzgläser oder wir beide? Kann dich ein Reagenzglas küssen? Nein. Aber ich.«

Vielleicht hat er Recht. Wegfahren mit Andreas. Alle fahren weg in den Ferien.

»Aber nicht nach Venedig«, sage ich.

Vorige Woche war das. Ich liege auf der Terrasse, mache die Augen zu und versuche es zurückzuholen, das, was ich gespürt habe am Ammersee. Nicht mehr Sebastian. Andreas.

Die ganzen Tage danach hatte ich es gedacht. Andreas statt Sebastian. Und wie es werden würde, wir beide in seinem komischen Auto, und nachts im Zelt. Und wie ich es meinen Eltern beibringen könnte. Und Sebastian wollte ich es erzählen. Ihn anrufen und sagen: Er heißt Andreas, in den Ferien sind wir zusammen weggefahren.

Beim Postaustragen, auf dem Rad, abends vor dem Einschlafen, immerzu dachte ich daran. Nur das, was ich gefühlt hatte dort am Ammersee, das ließ sich nicht zurückholen. Das kam nicht wieder. Konnte es auch nicht. Denn in Wahrheit wollte ich nie wegfahren mit Andreas. Ich habe es uns vorgemacht, ihm und mir. Aber weder habe ich zu Hause über die Reise gesprochen noch bei der Post gekündigt.

Jetzt, auf der Terrasse, wird es mir klar: keine Ferien mit Andreas.

Keine Ferien mit Andreas. Eigentlich zum Heulen. Es war so schön am Ammersee. Aber die dreihundertfünfzig Mark sind mir wichtiger. Auch die Reagenzgläser.

Die Sonne brennt, ich muss meine Liege in den Schatten rücken. Was Gisa wohl zu der Geschichte sagt? Und Sebastian? Eine Mücke sitzt auf meiner Stirn. Ich schlage sie tot, viel wütender, als sie es verdient hat. Sebastian! Sebastian wird es nie erfahren. Aber Gisa versteht es. Mit Gisa kann ich reden. Mit Andreas nicht.

»Was wollt ihr eigentlich? So gut wie jetzt ist es den Menschen noch nie gegangen. Wohlstand, Gesundheit, Sicherheit, alle werden alt wie Methusalem – worüber jammert ihr bloß?« Das war es, was er sagte, und wenn man versuchte ihm klarzumachen, wie faul dieser schöne Apfel innen sei, verstand er es nicht. »Immer dieses negative Gequatsche . . .«

»Flachschürfer«, hatte Sebastian solche wie ihn genannt.

Komisch, dass ich das alles nicht wahrhaben wollte am Ammersee.

Ich strecke mich auf der Liege aus. Die Birken rascheln. Warum ist Andreas nicht wie Sebastian?

Irgendwann bin ich eingeschlafen. Geweckt werde ich durch Bertis Stimme, der rücksichtsvoll wie immer »Mann, die Bine pennt!« durch die Gegend brüllt.

»Lass sie doch in Ruhe«, sagt meine Mutter. Aber ich bin schon wach.

Ich stehe auf und klappe die Liege zusammen. Es ist fünf. Ich habe über eine Stunde geschlafen.

»Möchtest du Kaffee?«, ruft meine Mutter.

Ich will gerade in die Küche gehen, da kommt mein Vater nach Hause, viel früher als sonst. Er sieht schlecht aus, irgendwie grau unter seiner Gartenbräune.

»Ist was passiert?«, fragt meine Mutter besorgt und holt das übliche Begrüßungsbier aus dem Kühlschrank.

Er trinkt, stellt das Glas hin, wischt sich den Mund ab.

»Ich hatte noch ein paar Überstunden gut. Da bin ich aufs Gemeindeamt gefahren wegen der Kanalisation.« Er trinkt das Glas leer. »Im nächsten Frühjahr geht es los. Die haben mir alles vorgerechnet.«

Er redet nicht weiter. Mit dem kleinen Finger malt er auf dem Tisch herum, unsichtbare Kringel und Vierecke.

»Mama ist durchgefallen«, sagt Berti in die Stille hinein.

Mein Vater hebt den Kopf. »Wie?«, fragt er. »Was?«

»Mama ist durchgefallen«, sagt Berti noch einmal, aber lauter als vorher, und dann schreit er mit seiner hohen Stimme: »Durchgefallen! Und du bist schuld. Weil du sie im Stich gelassen hast. Du konntest ja mal mit ihr

üben, aber du hast sie im Stich gelassen.«
Seine Unterlippe schiebt sich weit nach vorn,
so wie er es schon als Baby gemacht hat.
Dann fängt er an zu weinen. »Du bist schuld.
Und jetzt lasst ihr euch bestimmt scheiden.
Und ich weiß nicht, bei wem ich bleiben soll,
und ihr . . .«

Meine Mutter läuft zu ihm hin. »Still, Berti,
still«, murmelt sie und wischt sein Gesicht ab.
Aber es wird gleich wieder nass.

Mein Vater steht auf. »Wer will sich denn hier
scheiden lassen?«

»Du!«, schluchzt Berti. »Weil du – weil du
nicht mehr – nicht mehr mit Mama redest.«

»Du spinnst, mein Sohn«, sagt mein Vater,
nimmt Berti meiner Mutter aus dem Arm und
setzt sich mit ihm auf die Bank. »Ich denke
nicht im Traum daran.«

Jetzt komme ich langsam in Fahrt.

»Du nicht«, sage ich. »Aber vielleicht Mama.
So wie du sie behandelst!«

»Rede keinen Unsinn, Bine!«, ruft meine
Mutter und er blickt von ihr zu mir und wieder
zu mir und sagt: »So? Behandle ich sie
schlecht?«

Einen Moment bin ich sprachlos.

»Und wie ich behandelt werde«, sagt er. »Danach fragt keiner. Wieso bist du überhaupt
durchgefallen?«

»In einer Einbahnstraße«, sagt meine Mutter,
worauf Berti »der Prüfer, dieses Arschloch!«
brüllt und unter langsam abflauendem Schluch-

zen die Möbelwagengeschichte erzählt, in allen Einzelheiten und so schnell, dass er fast außer Atem gerät.

»Sie war so gut, Papa!«, keucht er zum Schluss. »Noch acht Stunden, dann schafft sie es. Bine gibt ihr Geld und ich habe auch noch zweiundzwanzig Mark dreißig in meiner Schachtel.«

Mein Vater sieht sein leeres Bierglas an, nimmt die Flasche und gießt den Rest ein.

»Von euch braucht sie kein Geld«, sagt er. »Das kriegt sie von mir. Sie macht schon noch ihren verdammten Führerschein.«

»Wie bitte?«, fragt meine Mutter. »Was sagst du da?«

»Hast du denn Geld, Papa?«, erkundigt sich Berti. »Richtiges Geld?«

Mein Vater zögert. Dann greift er in die Hosentasche und holt einen zusammengefalteten Zettel heraus.

»Das ist die ungefähre Berechnung für unsere Kanalisation«, sagt er langsam und deutlich. »Zehntausend, hatte ich gedacht. Wisst ihr, was es kostet? Zwanzigtausend. Mindestens. Weil unser Haus so weit hinten liegt.«

»Himmel!«, flüstert meine Mutter.

»Ja.« Mein Vater nickt ein paar Mal. »So ist das. Setzt euch jetzt alle mal hin. Und gib mir noch eine Flasche Bier, Lotti.«

Zwei Flaschen hintereinander. Sonst trinkt er eine halbe, wenn er kommt, die andere Hälfte zum Essen und später noch eine Flasche beim

Fernsehen. Ich habe das Gefühl, dass gleich etwas passiert.

Wir sitzen um den Tisch herum, beinahe feierlich. Mein Vater spielt mit dem Papier, faltet es zusammen, wieder auseinander.

»Zwanzigtausend«, sagt er. »Und die habe ich nicht.«

»Was ist denn mit der Bank?«, fragt meine Mutter leise.

»Das geht nicht mehr.« Er legt den Arm um Berti.

»Ich weiß nicht, ob es richtig ist, wenn du das alles mitkriegst, Berti. Aber als ich so alt war wie du, habe ich noch ganz andere Sachen hören müssen.« Er schweigt wieder.

»Was ist denn nun, Heinz?«, fragt meine Mutter. Es klingt, als hätte sie einen Stein im Mund.

»Ja, was ist?« Mein Vater sieht sie an. »Vorhin habt ihr gesagt, dass du schlecht behandelt wirst, und ich habe gesagt . . . na ja, ist egal. Bloß, ich habe auch meine Sorgen, die ganze Zeit habe ich Sorgen gehabt, aber ich wollte nicht darüber reden. Das renkt sich vielleicht noch ein, habe ich gedacht, warum soll ich die ganze Familie damit belasten. Aber jetzt.« Er zögert wieder. »Das mit dem Haus ist nicht alles.«

»Hast du was gemacht?«, fragt Berti. »Geklaut oder so? Der Onkel vom Stangl Schorschi . . .«

»Halt die Klappe«, falle ich ihm ins Wort und

mein Vater sagt: »Nein, keine Angst. Bloß der Junior, der Junior und ich . . .«

»O Gott«, flüstert meine Mutter.

»Ich habe gedacht, der kommt zur Vernunft, wenn er den Laden ein bisschen mehr von innen sieht. Aber darauf ist nicht zu hoffen. Und ich . . .« Er blickt auf seine Nägel, fängt an die Haut herunterzuschieben, steckt die Hände dann in die Taschen. »Ich kann da nicht mitmachen«, sagt er. »Ich kann mir das auch nicht länger gefallen lassen. Er hasst mich, weil ich so gut über ihn Bescheid weiß. Er behandelt mich wie Dreck. Vor allen anderen.«

»Nein!«, ruft meine Mutter.

»Doch«, sagt mein Vater. »Und irgendwann hört das auf. Irgendwo habe ich nicht bloß eine Familie und ein Haus, sondern auch noch einen Rest Stolz.«

Er holt die Hände aus den Taschen und legt sie auf den Tisch. »Vorige Woche habe ich gekündigt.«

Meine Mutter gibt einen Schreckenslaut von sich.

»Gekündigt«, wiederholt er. »Ich weiß nicht, ob du das verstehst.«

»Doch«, murmelt sie und Berti fragt, was wir alle denken: »Bist du jetzt arbeitslos, Papa?«

Mein Vater zuckt zusammen bei dem Wort. »Nur vorläufig«, sagt er schnell. »Nicht lange. Am ersten November wird bei Pallmann was frei. Da geht der alte Bergheimer in Rente, den kennst du doch, Lotti.«

Sie nickt.

»Aber Pallmann«, fährt er fort, »der ist kleiner als Möbelmöller. Bei Möller war ich dreißig Jahre. Und bei Pallmann fange ich erst an. Natürlich kriege ich da weniger als jetzt, zweihundert Mark ungefähr. Und das bei unserem Zinsendienst...«

Wieder Schweigen. Dann sagt er: »Wir können keine neuen Schulden mehr machen. Keinen Pfennig. Wir müssen das Haus verkaufen.«

»Nein, Heinz«, schreit meine Mutter auf.

»Doch.« Mein Vater legt den Kopf in die Hände. »Doch, Lotti.«

»Aber Papa!« Das ist Berti. »Ich hab hier doch den Beni.«

Es dauert eine Weile, bis mein Vater antwortet.

»Ich weiß«, sagt er. »Ich weiß, Berti. Es ist schlimm für dich. Für mich auch. Aber das ist meine Sache. Bloß, dass ich euch da reingeritten habe...! Ich hätte wissen sollen, dass man nicht so knapp kalkulieren darf. Dass man ein Polster braucht für Unvorhergesehenes.«

Er kann nicht weitersprechen.

»Heinz«, sagt meine Mutter und legt vorsichtig ihre Hand auf seinen Arm. »Heinz, ich habe mir eine Halbtagsstelle besorgt.«

»Was?«, fragt er. »Was soll denn das schon wieder?«

»Bei einem Arzt. Dr. Braun in Jesendorf. Sowie ich den Führerschein habe, wollte ich anfangen.«

»Du sollst nicht arbeiten«, sagt er. »Meine Mutter hat sich zu Tode geschuftet. Du sollst das nicht.«

»Jetzt hör aber mal auf«, sagt sie. »Ich habe auch manches nicht gewollt. Not lehrt beten, sagst du doch immer. Und außerdem macht es mir Spaß. Die Kinder werden groß, soll ich denn immer zu Hause hocken? Und bei dem Arzt verdiene ich über tausend Mark!«

»So viel?«, fragt er ungläubig. »Wofür denn?«

»Weil ich das gelernt habe. Es ist mein Beruf, falls du es vergessen hast. Ich war schon einen Vormittag in der Praxis, der Doktor ist sehr zufrieden.«

»Wie?«, fragt mein Vater. »Was? Das hast du alles gemacht? Du?«

»Wer denn sonst«, sagt meine Mutter und Stille breitet sich aus.

»Also«, sage ich. »Heute ist der neunundzwanzigste August. In drei Wochen kann sie die Prüfung wiederholen. Ich habe Geld, Papa, tausendvierhundert schon, und siebenhundert kriege ich noch . . .«

»Du brauchst nicht für uns zu arbeiten«, sagt er und ich sage, er solle jetzt bloß nicht mit dieser Masche kommen, ich hätte ihm das Geld sowieso auf den Tisch gelegt, als Kostgeld, wenn er sich noch an unser Gespräch erinnere.

Er macht eine Bewegung, als ob er meine Worte aus dem Fenster scheuchen wolle. Kostgeld! Das hätte er nicht so gemeint.

»Das ist nun aber mal so«, sage ich. »Und für

wie blöd hältst du mich eigentlich? Ich kenne doch unsere Lage, ich bin schließlich kein Kleinkind mehr!«

»Wenn ich beim Moser Kartoffeln ausbuddele, kriege ich auch was«, sagt Berti. »Eigentlich wollte ich mir dafür aber eine Rennbahn kaufen.«

Mein Vater streicht ihm übers Haar.

»Du sollst lernen, Berti, und keine Kartoffeln ausbuddeln. Und wenn Mama arbeiten will, soll sie es dadurch ein bisschen schöner haben und nicht nur Schulden abstottern.«

Er nimmt ihre Hand, zum ersten Mal seit Monaten.

»Wenn diese zwanzigtausend Mark nicht wären, Lotti, dann könnten wir es schaffen. Aber so? Es ist einfach zu viel. Bei Fritz Borowski habe ich auch fünftausend geliehen, die muss er im Oktober wiederhaben.«

Er blickt aus dem Fenster. Auf die Bäume, die er gepflanzt hat. Auf die Thujenhecke.

»Ich gehe zu einem Makler. Der soll das Haus übernehmen.«

Er sitzt wieder da wie vorher, die Arme aufgestützt, das Gesicht in den Händen.

Jeder Mensch hat einen Traum, hat er einmal gesagt.

Jetzt ist der Traum kaputt. Wir ziehen wieder nach München. Eine Wohnung, Geschäfte vor der Tür, keine vier Kilometer mehr mit dem Rad, meine alte Schule, die alten Freunde. Und keine Gisa, kein Moor, kein Fluss, kein See.

Kein Dr. Achbacher, keine Moosberger Post, kein Ellering mit Eiern und Milch und Dorfge-schichten.

»Wir können hier doch nicht einfach wieder weg«, sage ich.

»Du?« Mein Vater sieht mich erstaunt an. »Dir gefällt es doch sowieso nicht.«

Meine Mutter steht auf. »Ich brauche endlich Kaffee«, sagt sie, holt die Büchse aus dem Schrank und lässt Wasser einlaufen.

»Stell Tassen hin, Bine, und hol ein paar Plätzchen.«

Ich gehe ins Wohnzimmer und nehme die Keksdose aus dem Eckschrank. Der Eck-schrank meiner Großmutter. Die Biedermeier-möbel, Tisch, Sofa und Stühle vor dem Fenster, die Kommode an der Wand gegenüber, der Sek-retär. Die Sonne scheint, das polierte Holz glänzt und schimmert. Meine Biedermeiermö-bel. Was du ererbt von deinen Vätern hast . . .

»Bine, wo bleibst du?«, ruft meine Mutter.

Ich gehe in die Küche zurück. Der Kaffee blubbert in der Maschine.

»Hör auf zu grübeln, Heinz«, sagt meine Mutter.

Wir sitzen stumm da. Berti isst ohne Begeis-terung einen Keks nach dem andern.

»Papa«, sage ich.

Er hört es nicht.

»Papa!«

»Was denn?«

»Stimmt das immer noch?«, frage ich. »Das

mit Omas Möbeln? Dass sie fünfzehntausend wert sind?«

»Ich glaube«, sagt er gedankenlos. Dann hebt er den Kopf.

»Warum?«

»Weil ich sie verkaufen will«, sage ich möglichst gelassen.

»Bine!« Meine Mutter stellt ihre Tasse so hastig hin, dass der Kaffee überschwappt. »Wieso denn das? Dieser Krach damals!«

»Not lehrt beten«, sage ich und fange gleichzeitig an zu lachen, weil ich den Spruch vollkommen ernst zitiert habe.

»Was ist denn daran so komisch?«, fragt mein Vater. »Und mit den Möbeln – wie meinst du das?«

»Du sollst sie verkaufen«, sage ich. »Ich stecke sie ins Haus. Oder in die Kanalisation, ist mir egal. Und dann kann ich in Ruhe Abitur machen und du motzt nicht mehr rum. Okay?«

Ich strecke ihm die Hand hin. Eigentlich will ich es gar nicht, es passiert sozusagen von selbst. Er zögert einen Moment, dann nimmt er sie in seine und hält sie fest. Eine Weile sitzen wir so da, mein Vater und ich, und sein Gesicht dabei – nein, ich kann es nicht beschreiben.

»Vertragen wir uns jetzt alle wieder?«, fragt Berti. »Wird es jetzt wieder wie früher?«

Wie früher? Ich glaube nicht, dass es bei uns wieder wie früher wird. Für Berti vielleicht, der weiter nichts möchte, als dass wir miteinander reden, lachen und uns vertragen. Doch, für Berti bestimmt. Nur nicht für meine Mutter und meinen Vater.

Der Tag ist vorbei und sie sitzen vor dem Fernseher. *Der Alte!* Ganz gleich, was passiert: *Tatort, Derrick* und *Der Alte* werden angesehen. Aber morgen geht es weiter.

»Wir müssen ganz neu anfangen, Papa und ich«, hat meine Mutter vorhin gesagt, als wir allein in der Küche waren.

Ich stehe draußen, am Ende des Weges, wo die Wiese beginnt. Der Mond hat einen Hof. Gutes Wetter sagen die einen, Regen die anderen. Die Pfützen von heute Morgen sind noch nicht verschwunden.

Ellering. Wo der Mond sich in den Pfützen spiegelt.

Es wird bei uns nicht wieder so wie früher werden. Anders. Vielleicht besser. Aber anders.

Ich möchte auch neu anfangen mit Sebastian. Ich glaube, jetzt könnte ich es. Aber er will es wohl nicht mehr.

Die Wiese ist so hell im Mondlicht. Die Wiese und der Wald.

Schrecklich, dass man solche Sehnsucht haben muss.

10

Es ist Silvester. Mein Geburtstag und das Jahr zu Ende. Dieses lange Jahr.

In der Nacht hat es wieder geschneit. Ich bin in den Garten gegangen um neue Talgbälle in die Tanne zu hängen. Mein Vater hat sie im Herbst gepflanzt. Weiß und vereist steht sie auf der Schneedecke, wir wissen noch nicht, ob sie durchkommt. Oben in der Krone zetern ein paar Spatzen und bei der Thujenhecke lauert der wilde rote Kater. Seit November wohnt er bei uns im Schuppen. Wir stellen ihm jeden Tag etwas zu fressen hin. Aber auf die Vögel ist er trotzdem scharf.

Bald wird es dunkel, dann wollen wir feiern, mit Weißwürsten, Punsch und Krapfen, wie wir es immer gemacht haben. Von meinem Platz bei der Tanne sehe ich, wie Berti und mein Vater alles für ihr Superfeuerwerk vorbereiten. Berti fegt den Schnee von der Terrasse, mein Vater schleppt Holzklötze und Bretter heran, das soll die Abschussrampe werden.

Jetzt kommt auch meine Mutter.

»So viel Zeug!«, sagt sie. »Viel zu viel. Das ganze Geld in die Luft ballern. Blödsinn.«

»Überhaupt kein Blödsinn«, sagt Berti. »Die Kracher sind toll. Und der Sternenregen erst! Mann, Mama, du wirst staunen.«

»Was das gekostet hat!«, sagt meine Mutter

und mein Vater lacht. »Schimpf nicht, Lotti. Die erste Neujahrsnacht in unserem Haus. Daran wollen wir uns erinnern.«

Er zieht ihren Kopf an seine Schulter und sie macht ein komisches Gesicht, ein bisschen froh, ein bisschen abwehrend. Mein Vater merkt das natürlich nicht. Oder doch? »Horch auf die Zwischentöne«, hat Sebastian so oft gesagt.

Ich sehe, wie sie dastehen, mein Vater und meine Mutter, und hinter ihnen das Haus, weiß, mit braunen Fensterrahmen, rote Ziegel auf dem Dach. Das Haus, in dem wir wohnen.

Nein, es ist bei uns nicht so wie früher.

Im September hat meine Mutter den Führerschein gemacht, im zweiten Anlauf und ohne einen einzigen Fehler. Behauptet sie jedenfalls.

»Vielleicht lernt sie mit der Zeit sogar Autofahren«, hat mein Vater gesagt. »Ist ja noch kein Meister vom Himmel gefallen.«

Es sollte ein Witz sein, klang aber nicht danach. Und als sie zum ersten Mal am Steuer saß, ist er beinahe zusammengebrochen.

»Dritter Gang, Lotti! Bremsen, Lotti! Eine Kurve, Lotti! Ein Stoppschild, Lotti! Langsamer!«

Eine Weile ist sie still gewesen. Dann hat sie gesagt: »Heinz, um es von Anfang an klarzustellen: Wenn ich am Steuer sitze, entscheide ich!«

Es klang so ähnlich wie damals, als der Brief von Tante Hanni kam und sie »Auch kein Zaun!« rief. Zwischen diesen beiden Sätzen – »Auch kein Zaun!« und »Wenn ich am Steuer sitze, entscheide ich!« – verläuft eine Linie, die ist da, ganz gleich, ob es meinem Vater passt oder nicht.

Morgens bringt meine Mutter ihn zum Bahnhof. Dann fährt sie zu Dr. Braun nach Jesendorf und abends, am Tisch in der Küche, erzählt sie von der Praxis, von ihrem Chef und den Patienten.

Mein Vater reagiert darauf immer noch gemischt. Manchmal will er mehr hören, manchmal sagt er: »Nun aber Schluss, Lotti! Dauernd diese Krankheiten!« Auch daran muss er sich gewöhnen: dass sie etwas Eigenes hat. Nicht nur eigenes Geld.

Ich glaube, sie wissen beide noch nicht genau, wie sie miteinander umgehen sollen.

Und heute Nacht großes Feuerwerk ...

Eigentlich wollte ich zusammen mit Gisa und Andreas feiern. Vorhin haben sie noch einmal angerufen. Aber ich bleibe hier.

»Dieses Jahr noch, Bine«, hat meine Mutter gesagt. »Wo du volljährig wirst! Und Papa freut sich auch!«

So ist es, wenn man ausgerechnet Silvester Geburtstag hat. Und ich bleibe nicht nur wegen meiner Eltern zu Hause, sondern weil ich warte.

Sebastian hat mir geschrieben. Heute Morgen ist der Brief gekommen: »Liebe Sabine, du hast Geburtstag und ich gratuliere dir. Es ist eine Ewigkeit her, seit wir uns zum letzten Mal gesehen haben. Vielleicht wirst du diesen Brief gar nicht lesen, so wie du auch auf meinen Anruf nicht geantwortet hast. Für dich war die Trennung wohl endgültiger als für mich. Trotzdem versuche ich es noch einmal. Bevor es schlimm wurde mit uns, war es sehr schön, und das kann ich nicht vergessen. Wir haben so viel falsch gemacht. Nicht nur ich und nicht nur du, wir beide. Was ich falsch gemacht habe, weiß ich inzwischen, und vielleicht ist auch für dich nicht alles so kaputt, wie du tust. Vielleicht hast du auch nachgedacht und siehst, was bei dir falsch war. Vielleicht möchtest du es auch noch einmal versuchen.

Ich hoffe, du bekommst diesen Brief schon morgen. An deinem Geburtstag rufe ich dich an. Dann hast du Zeit gehabt, noch einmal nachzudenken, und kannst mir sagen, ob wir uns sehen und über alles reden wollen. Liebe Bine summsummsumm, ich möchte so gern. Dein Sebastian!«

Der Brief steckt in meiner Jackentasche. Wenn ich die Hand darauf lege, kann ich ihn fühlen. Sebastian, lieber Sebastian, ich habe nachgedacht. Ich bin ohne dich genauso allein wie du ohne mich. Ich möchte es noch einmal versuchen. Im Sommer war ich so weich wie Gummi. Jetzt habe ich Boden unter den Füßen.

Ich habe auch etwas, das wichtig ist außer dir. Und dich brauche ich trotzdem.

»Sabine!«, ruft meine Mutter. »Wir wollen Kaffee trinken!«

Zur Feier des Tages hat sie den Tisch im Wohnzimmer gedeckt, mit den Vergissmeinnichttassen meiner Großmutter. In der Essecke stehen wieder die Sachen aus der Schleißheimer Straße, die wir damals beim Einzug auf den Boden gebracht haben. Schade. Die Biedermeiermöbel waren schöner.

»Tut es dir sehr Leid?«, hat mein Vater gefragt, als sie abgeholt wurden.

»Lieber die Möbel als wir«, habe ich gesagt. Aber ich weiß immer noch nicht genau, ob das stimmt.

Zu Weihnachten hat er mir ein teures Chemiebuch geschenkt. Gisa musste ihn beraten. »Da!«, hat er gesagt. »So was brauchst du doch«, mit einem Gesicht, als ob er eine tote Maus loswerden wollte. Trotzdem: Das war sein väterlicher Segen.

Es gibt Krapfen zum Kaffee, selbst gebacken, kleine runde mit brauner Kruste.

»Iss nicht so viel, Berti«, sagt meine Mutter. »Du brauchst doch noch Platz für die Weißwürste.«

»Wie viele kriegt denn jeder?«, erkundigt sich Berti. Jedes Mal dasselbe.

Draußen schneit es. Ein Vorhang aus weißen Flocken. Immer mehr Schnee, immer mehr. Und diese Stille. Kein Laut in Ellering.

Plötzlich habe ich Angst. Als ob sich eine Mauer aufbaut zwischen mir und der Welt.

Ich will nicht mehr warten. Ich gehe zum Telefon und wähle Sebastians Nummer.

Jungs, nein danke! – Oder?

Christian Bieniek
Svenja hat′s erwischt

»He, Ameise!« – Svenja ist 12 und hasst solche Sprüche,
denn sie ist die Kleinste in ihrer Klasse. Zum Glück sind
bald Ferien und die Typen mit ihren blöden Witzen für
einige Zeit verschwunden. Wie kann man Jungs bloß
»süß« finden, so wie Mona das tut! Aber die ist ja auch
schon 13 und hat vermutlich Probleme mit den Hormonen.
Svenja jedenfalls interessiert sich für nichts anderes als
die Skytouscher-Schuhe mit den tollen dicken Sohlen.
Wenn sie nur nicht so elend teuer wären…
Um an Geld zu kommen, tut Svenja einiges.
Z. B. spioniert sie sogar in Monas Auftrag Pascal nach.
Und dabei macht sie die höchst verwirrende Entdeckung,
dass manche Jungs doch ganz nett sind – oder?
Eine locker und witzig erzählte Geschichte
über die erste Liebe.

152 Seiten. Gebunden. Ab 12

Arena

Arena Verlag
Postfach 5169
97001 Würzburg
Tel.: 09 31 / 7 96 44-0

dtv pocket
lesen · nachdenken · mitreden

Band 7811

Band 7823

17 Jahre war Christoph alt, als er an einem klaren Herbstmorgen beerdigt wurde. Hatte er mit seinem Fahrradunfall halb unbewußt Selbstmord begangen? Sein Freund Martin denkt in den folgenden Tagen über Christoph nach, und er erkennt, daß Christoph die Halbheiten und faulen Kompromisse der Erwachsenenwelt nicht ertrug und nicht so werden wollte wie seine Eltern und Lehrer.

Ende des Zweiten Weltkrieges: In einer dunklen Nacht verstecken zwei Bäuerinnen und ein französischer Kriegsgefangener die siebzehnjährige Regine. In einer Rückblende wird deutlich, was geschehen ist: Beim Gärtner Steffens hat Regine den polnischen Zwangsarbeiter Jan kennen gelernt. Die beginnende Liebesgeschichte bringt beide in tödliche Gefahr ...

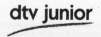